Quanto mais **cinema** melhor
uma biografia de
CARLOS MANGA

Sérgio Cabral

Lazuli editora

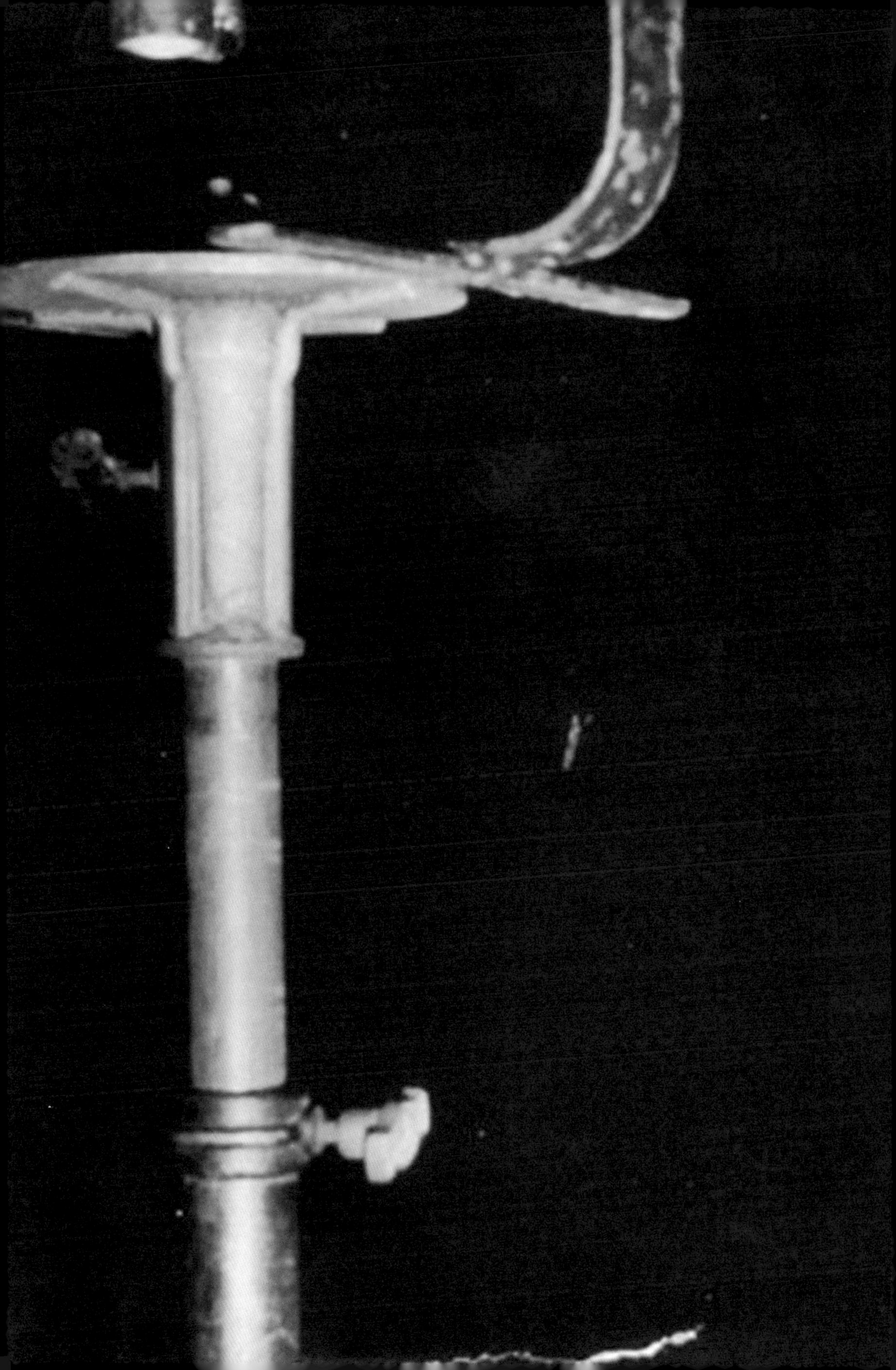

LAZULI editora

direção editorial	Miguel de Almeida
direção de arte	Werner Schulz
revisão	Maurício de Carvalho Teixeira
diagramação	Patrícia Eiko Kanashiro
fotografias	Acervo Carlos Manga
contracapa	cena de Matar ou Correr

Visite o nosso site:
www.lazuli.com.br
Acompanhe no:
facebook: /lazuli.editora
twitter: @lazulieditora

Dados Internacionais de Catalogação na Publicação (CIP)
(Câmara Brasileira do Livro, SP, Brasil)

Quanto mais cinema melhor: uma biografia de Carlos Manga / Sérgio Cabral -- 1. ed.- São Paulo : Lazuli Editora, 2013.

ISBN 978-85-7865-070-4

1. Cineastas - Biografia 2.- Cinema- Brasil 3. Cinema- Produtores e diretores- Brasil 4. Carlos Manga, 1928- I. Título.

13-03046 CDD-791. 43028092281

Índices para catálogo sistemático:

1. Brasil: Diretores e produtores de cinema: Biografia e obra 791. 43028092281

A Editora agradece quaisquer informações sobre os detentores dos direitos autorais das imagens não creditadas neste livro, bem como de pessoas não identificadas nas fotografias, apesar dos esforços realizados para obtê-las.

1ª edição – São Paulo – 2013

ABDR EDITORA AFILIADA

Lazuli Editora
Rua Patizal, 35 - Vila Madalena - São Paulo - Cep: 05433 - 040
Tel.: (011) 3729 6077

SUMÁRIO

INTRODUÇÃO

PARA A SUA TOLERÂNCIA, LEITOR, MINHA PRIMEIRA HISTÓRIA DE UM BIOGRAFADO COM O QUAL CONVERSEI MUITO, JÁ QUE AS DEMAIS BIOGRAFIAS ABORDARAM GRANDES PERSONAGENS QUE JÁ NÃO ESTAVAM ENTRE NÓS. COMO SERÁ FÁCIL PERCEBER, NÃO TENTEI ESGOTAR O ASSUNTO, POIS OPTEI POR NÃO ME APROFUNDAR NO LADO PESSOAL DE CARLOS MANGA, DEDICANDO QUASE TODA A OBRA À SUA VIDA PROFISSIONAL. E QUE VIDA PROFISSIONAL!

Ele começou como diretor de chanchadas, fazendo filmes capazes de atrair o maior público que o cinema brasileiro havia conquistado até então. Passou para a televisão, e seus programas nunca deixaram de conquistar a liderança de audiência em todo o Brasil. E teve uma passagem de cerca de 15 anos pela publicidade, como diretor de filmes comerciais, quando foi contemplado com numerosos prêmios nacionais e internacionais. Tudo isso sem fazer um curso de direção, de iluminação ou de qualquer coisa que seja para a formação de diretor de produtos audiovisuais. É uma história tipicamente brasileira, sem dúvida.

No tempo das chanchadas, ele conviveu com situações antagônicas: de um lado, os cinemas lotados de gente interessada em rir com Oscarito e Grande Otelo, em acompanhar as cenas de amor vividas por Eliana Macedo e Cyll Farney, em odiar o vilão José Lewgoy e a aprender as músicas de carnaval daquele ano, num tempo em que Carlos Manga, com óculos de verão, desfilava num Cadillac conversível e conquistava algumas das mulheres da época. Do outro lado, a crítica do cinema recomendando que ninguém fosse ver aqueles filmes.

Os ataques da crítica cinematográfica aos seus filmes serviram para explicar a troca do cinema pela televisão, mas Carlos Manga nunca deixou de lado o aspecto econômico: na TV ganhava muito mais dinheiro e trabalhava menos. E, por falar em dinheiro (e menos trabalho), quase abandonou também a televisão para dedicar-se exclusivamente à publicidade. Mas, depois de mais de 50 anos de atividade profissional, sempre que podia falava da preferência pelo cinema, que mereceu dele inúmeras declarações de amor.

Foi o cinema, por sinal, o responsável pelos momentos de emoção das nossas entrevistas. Quando falava de Oscarito, os olhos dele se enchiam de lágrimas, tal a sua devoção pelo comediante. Uma devoção que nunca escondeu nas palestras e nas entrevistas e que foi registrada no penúltimo filme que dirigiu (e produziu), O Marginal, um drama policial, dedicado a Oscarito.

Por isso, além de manifestar meu agradecimento a Magaly, minha mulher, pela primeira revisão do texto, e a Aldacir de Souza Custódio, pela ajuda nas pesquisas, comunico que, em homenagem ao nosso biografado, este livro também é dedicado a Oscarito.

CARLOS MANGA

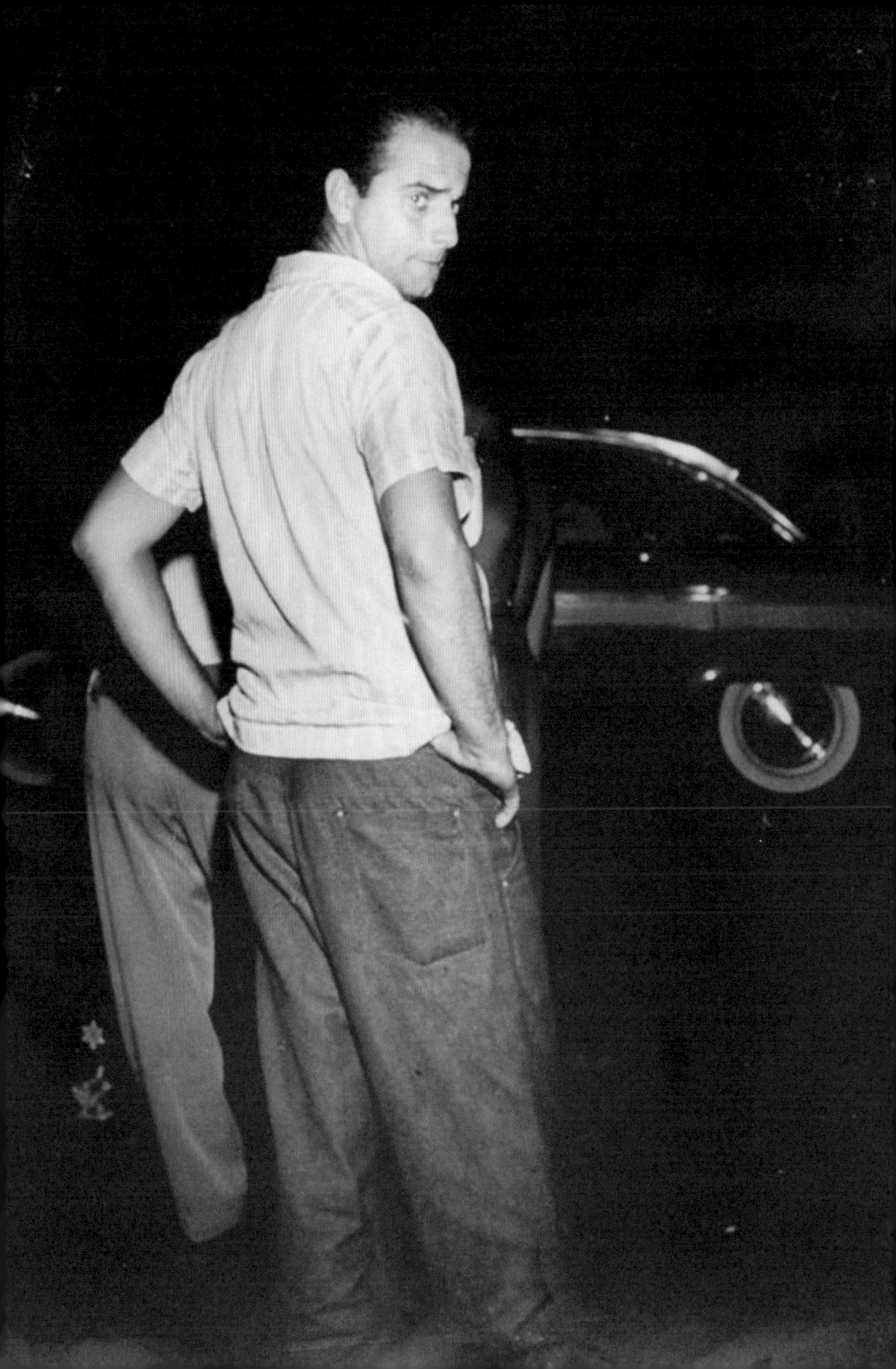

A ESTREIA

CARLOS MANGA ORIENTA ELENCO

Até o dia 21 de julho de 1949, as atividades dos jovens tijucanos integrantes do Sinatra-Farney Fan Club [grafia oficial do clube] limitavam-se a promover reuniões, todas as noites, em torno do toca-discos para ouvir as músicas de Frank Sinatra, alguma coisa de Dick Haymes e de outros intérpretes norte-americanos, muito de Dick Farney e, de vez em quando, uma ou outra gravação de Lúcio Alves, tido, na época, como rival do ídolo Dick Farney. Naquele dia, porém, precisamente às 21 horas, o Sinatra-Farney Fan Club foi para o palco da boate da Associação Atlética Banco do Brasil (AABB) para apresentar a sua "primeira revista musical", como informava o programa elaborado pela AABB.

Era também a estreia do diretor José Carlos Aranha Manga, de 22 anos, auxiliar de tesouraria do Banco Boavista, casado com Maria Regina Rocha Maia, a Noquinha. Não havia outro para desempenhar a missão e, além disso, ele "já chegou mandando", conforme atestaram, em 2010, seus colegas Joca (Maria do Carmo Queiroz), Ruth (Ruth Egídio de Souza Aranha, mais tarde Ruth Aranha Blanco, quando secasou com o compositor Billy Blanco) e João (João Gonçalves, que se formaria em odontologia). E olha que, durante algum tempo, José Carlos se recusava a sequer conhecer o clube, cedendo apenas quando sua mãe, Maria Isabel, a Cotinha, permitiu que a sobrinha e filha de criação Ruth comparecesse a uma das reuniões em companhia do namorado, Nataniel Martins da Fonseca, apenas se José Carlos acompanhasse o casal. E partiu exatamente de Nataniel a indicação do nome de José Carlos para assumir a direção e o roteiro do espetáculo na Associação Atlética Banco do Brasil.

Ninguém imaginava que uma iniciativa despretensiosa como a do Sinatra-Farney Fan Club assumisse um compromisso tão sério com uma instituição importante como a AABB. Afinal, aquela garotada queria apenas cultivar sua admiração (na verdade, paixão) por Dick Farney e Frank Sinatra, especialmente por este. Quando descobriram que havia um programa na Rádio Guanabara, comandado por Afonso Soares (1905-2007, mais de 50 anos de carreira), que transmitia os mais recentes sucessos da música norte-americana, o horário passou a ser sagrado para eles. João Gonçalves lembrava-se, em 2010, que "matava" a primeira aula na escola para não perder o programa. Não demorou muito para se tornarem íntimos do programa, tantas eram as cartas que escreviam para Afonso Soares, ora com sugestões de músicas a serem executadas ora votando em Frank Sinatra quando os ouvintes eram convocados para optar sobre o que desejavam ouvir. Acabaram comparecendo ao programa e conhecendo pessoalmente seu apresentador. Por causa disso, quando o jornalista Louis Serrano, correspondente da revista *Cena Muda* em Hollywood (foi também correspondente do jornal O Globo, da revista *Cinelândia* e de outras publicações), perguntou a Afonso Soares se havia chegado ao Brasil a moda dos fã-clubes, tão populares nos Estados Unidos, Afonso disse que ainda não, mas falou de três mocinhas da Tijuca – Joca, Teresa Santos e Jandira Santos (Didi) – que, além de ouvintes do programa, enviavam correspondências para pedir músicas de Frank Sinatra. "Nossa geração era toda emprestada de americanismos", justificou Manga.

Louis Serrano, o principal fornecedor de discos norte-americanos para o programa, entusiasmou-se com a ideia de um fã-clube para Frank Sinatra no Brasil, entrou em contato com a turma da Tijuca e assegurou seu apoio, inclusive contribuindo com discos, caso necessário. Em poucos dias, estavam todos reunidos no porão da casa de Joca, na Rua Moura Brito, 76, na Tijuca, discutindo o funcionamento do fã-clube. Joca chamava o espaço de porão, porque ficava abaixo do térreo da casa, mas tratava-se de um local confortável, com um pé direito que não dava o menor trabalho para os mais altos e com ventilação.

Um dos frequentadores era o ator Cyll Farney, namorado de Didi. Foi através dele que a turma conheceu Eduardo Dutra e Silva, pai de Cyll, fabricante de um remédio contra a cárie dentária denominado Matricária F. Dutra e que deu a ideia de incluir na nomenclatura do fã-clube e na admiração dos seus integrantes um cantor nascido no Brasil, o seu filho Dick Farney. A ideia foi muito bem-aceita, pois Dick era um cantor bem conhecido do público (já havia gravado, entre outros sucessos, *Copacabana*, de João de Barro e Alberto Ribeiro, e Marina, de Dorival Caymmi), em cujas interpretações eram evidentes os sinais da influência dos cantores norte-americanos, sem esquecer do pseudônimo de Dick Farney em lugar do nome de batismo, Farnésio Dutra. José Carlos Aranha Manga ainda não frequentava o grupo, mas, sem dúvida, teria concordado imediatamente com a inclusão do nome de Dick Farney, a quem admirava tanto que chegara a comparecer ao auditório da Rádio Tupi apenas para ver e ouvir Dick Farney cantar. Foi uma admiração que conservou por toda a vida, tanto que, mais de 40 anos depois, batizou (e conseguiu oficializar na prefeitura) com o nome do cantor a rua do condomínio onde construiu sua moradia definitiva.

O fato é que nasceu o Sinatra-Farney Fan Club, uma iniciativa com um crescimento que jamais havia passado pela cabeça dos seus criadores, pois a ideia inicial de apenas ouvir as gravações de Frank Sinatra evoluiu para saudosas jam sessions, com a participação de jovens que, dali a poucos anos, seriam músicos e cantores famosos, como Raul Mascarenhas, Johnny Alf, Nora Ney (na época, conhecida pelo seu próprio nome: Iracema de Souza Ferreira), Paulo Moura, João Donato e outros. A cantora Dóris Monteiro é constantemente citada como uma das integrantes do Fan Clube, mas ela mesma desmentiu. Nunca foi lá.

José Carlos Aranha Manga nem discutiu quando Nataniel o indicou para dirigir o espetáculo do Sinatra-Farney Fan Club na Associação Atlética Banco do Brasil. Sua mãe contava que, desde criança, ele gostava de comandar os teatrinhos montados pelas irmãs e pelas crianças da vizinhança. Ou seja: vinha desde cedo sua vocação de diretor. Além disso, era ouvinte dos programas de rádio que transmitiam músicas de discos importados dos Estados

Unidos e não perdia um filme musical norte-americano. Tinha (e teve, durante toda a vida) também uma personalidade muito forte, que o levava a comandar qualquer iniciativa de que participasse, na rua ou não escola em que estudava. A soma de tudo isso era o *know how* para dirigir o espetáculo na boate da AABB.

O programa do espetáculo informava que o Sinatra-Farney Fan Club apresentava "a sua primeira revista musical". Em seguida, comunicava que a direção artística era de José Carlos Manga, a direção musical de Raul Mascarenhas e Alfredo José da Silva (como diretor, assinava assim, mas, como pianista, era Johnny Alf) e que Ludy de Lima e Silva era a "organizadora". Depois, dava os nomes dos integrantes dos cinco quadros a serem apresentados.

O espetáculo agradou muito, especialmente a surpresa programada para o final, em que Manga já se revelava consciente da importância da iluminação num espetáculo. A atração era Cyll Farney, que estreava no cinema naquele ano, participando dos filmes *Um beijo roubado* e *Escrava Isaura*. Não era tão famoso como seria dali a pouco tempo, quando se tornara galã das chanchadas da Atlântica. Mas as mocinhas não deixaram de manifestar a sua alegria ao ver aquele homem bonito surpreendendo com solos à Gene Krupa na bateria. Não deixava de ser uma surpresa, como informava o programa, mas a surpresa maior viria quando José Carlos Manga usou a iluminação para encantar o público. A plateia via que Cyll Farney havia parado de tocar, mas todos ouviram um solo de bateria, na mesma linha do solo ouvido até então. Em seguida, apagaram-se as luzes que iluminavam Cyll e outras foram acesas em outro canto do palco, onde um menino de 10 anos de idade tocava como um virtuose. O menino que, de fato, seria dali a alguns anos um dos melhores bateristas do Brasil era Victor Manga, sobrinho do diretor.

Meses depois, parou um carro na porta do Sinatra-Farney Fan Club e saiu de dentro dele um senhor, "com cara de Hitchcock", segundo Manga, informando que desejava falar com o Sr. José Carlos Manga e apresentou-se como Robson, diretor artístico do Fluminense Futebol Clube. Ele disse que havia visto o espetáculo na Associação Atlética Banco do Brasil e gostaria de repeti-lo na bela sede do Fluminense. "Me senti um Ziegfield", lembrou-se Manga.

1. Fantasia de Gershwin
Arranjo e execução de Raul Mascarenhas
Cantam Armando e Pery
Ao piano, Jonny Alf

2. Juventude americana
Frank Sinatra- Luís Carlos
Piano- Raul Mascarenhas
Bateria- Derek
Clarineta- Paulo Moura
Garçom- Walter Duarte

3. Al Jolson
Interpretação de Ataliba
Bing Crosby- Oswaldo
Canto- Maria do Carmo
Piano- Mascarenhas e Alf
Imitações diversas- Luís Carlos

4. Rumba selvagem
Coreografia- Freda
João e Regina
Extras- Regina e Cibele, Maria Teresa e Theda
Canto e execução- Johnny Alf

5. Ritmos de nossa terra
Coreografia- Ivone
Extras- Regina e Cibele, Maria Teresa e Theda
Frevo- Fernando
Canto- Armando
Ao piano- Johnny Alf
Apoteose- Surpresa

Apesar de não ter a menor ideia de como se montava um cenário, fez pose de profissional experiente e disse que precisava conhecer as instalações da sede do Fluminense. Robson concordou em levá-lo, e ele examinou tudo, particularmente o palco, embora sua ideia inicial não fosse além da repetição do espetáculo realizado na Associação Atlética Banco do Brasil.

Mas a turma tinha pretensão de apresentar algumas novidades e, além disso, Dick Farney concordou em ser a grande atração do espetáculo. Também participou o irmão dele, Cyll Farney, mas sem usar o pseudônimo que se tornou famoso: em vez de Cyll Farney, foi identificado como Cileno. O show agradou muito, como revelou a revista do Fluminense de 1º de dezembro de 1949, desde as primeiras linhas da reportagem sobre aquela noite: "O show Sinatra-Farney Fan Club foi realmente um sucesso. Tudo agradou em cheio. Desde os números avulsos interpretados pelos amadores do clube, tais como Raul Mascarenhas, Armando Rodrigues, Thecla, Luís Carlos, Maria do Carmo, Oswaldo e outros, até os quadros de sátiras e fantasias, que também constituíram verdadeiro sucesso".

Feita a apresentação, a revista entrou de fato na descrição do show, embora se limitando apenas a citar o nome do primeiro quadro: "Um instante na vida de Chopin", sem qualquer comentário. Mas os demais quadros foram descritos com mais detalhes.

"O segundo quadro, 'Juventude americana', uma sátira a Frank Sinatra, deu margem a uma interpretação interessantíssima dos elementos que nele tomaram parte. Na cena, reprodução notável de um bar de uma universidade norte-americana, moças e rapazes, inteiramente à vontade e com muita naturalidade, reproduziram um flagrante da mocidade norte-americana. Números de piano de Raul Mascarenhas, com Derek na bateria, com absoluto ritmo yankee. Sinatra também apareceu e cantou no bar, interpretado por Luís Carlos. O terceiro quadro foi uma das mais bem feitas imitações já vistas pelo sistema de dublagem. Intervêm Al Jolson e Bing Crosby vividos por Ataliba e Oswaldo. Retumbante êxito dessa apresentação. O quarto quadro foi uma jam session com elementos muito bons, tendo Cileno na bateria. Finalizando o espetáculo, foi apresentada uma belíssima e feliz criação de

A ASSOCIAÇÃO DOS FAN CLUBS BRASILEIROS

Confere a o Sinatra Farney Fan Club

o presente diploma como

o Melhor Fan Club de 1949

pelas suas realizações artísticas, culturais e recreativas no corrente ano, de acordo com o parecer da Comissão Artística.

Paulo Santos
PRESIDENTE DA A. F. C. B.

Silvio Wand
1.º SECRETÁRIO

Wilcker Carneiro
PELA COMISSÃO ARTÍSTICA

O

"SINATRA-FARNEY FAN CLUB"

tem o prazer de convidar V. Excia. para a festa comemorativa do seu primeiro aniversário de fundação, a realizar-se dia 3 de fevereiro, com início às 23 horas, na "Boite Embassy", Av. Atlantica 1072, Copacabana.

TRAJE: RIGOR

CONVITE INDIVIDUAL

Dick Farney com o tema de *That Old Black Magic*, que também contou com o concurso de Thecla, Mickey e mais quatro casais de dançarinos. Foi uma grande realização no terreno da fantasia. Dick Farney, sob delirantes aplausos, veio ao proscênio e cantou números do seu formidável repertório, sem poder sair de cena, em face dos aplausos calorosos que recebeu. A orquestra, sob a direção de Ferreira Filho, brilhou mais uma vez, enriquecendo sobremodo o espetáculo".

A matéria foi concluída com o primeiro grande elogio impresso da carreira do diretor, apesar do equívoco cometido na transcrição do seu nome: "O Diretor Artístico do Sinatra-Farney Fan Club, Luís Carlos Aranha Manga, revelou-se um autêntico *showbiz man*".

Honra seja feita, o diretor artístico, apesar de iniciante, já arriscava algumas bossas, com os casais dançando iluminados apenas com luzinhas em cima de cada um, enquanto Dick Farney cantava *The Old Black Magic*. Aliás, dias depois do show no Fluminense, Manga recebeu um convite para um show no Tijuca Tênis Clube, em que Nora Ney (na época, ainda Iracema) cantava uma canção norte-americana, encostada num poste, enquanto fumava. No meio da música, o próprio Manga entrava no escuro e apagava o cigarro da cantora.

Por essas e por outras é que o Sinatra-Farney Fan Club recebeu da Associação dos Fans Clubs Brasileiros, naquele dezembro de 1949, o diploma de Melhor Fan Club de 1949, "pelas suas realizações artísticas, culturais e recreativas do corrente ano, de acordo com o parecer da Comissão Artística". O diploma estava assinado por Paulo Santos, presidente da AFCB; Sílvio Warch, primeiro secretário, e Welcken Carneiro, pela comissão artística.

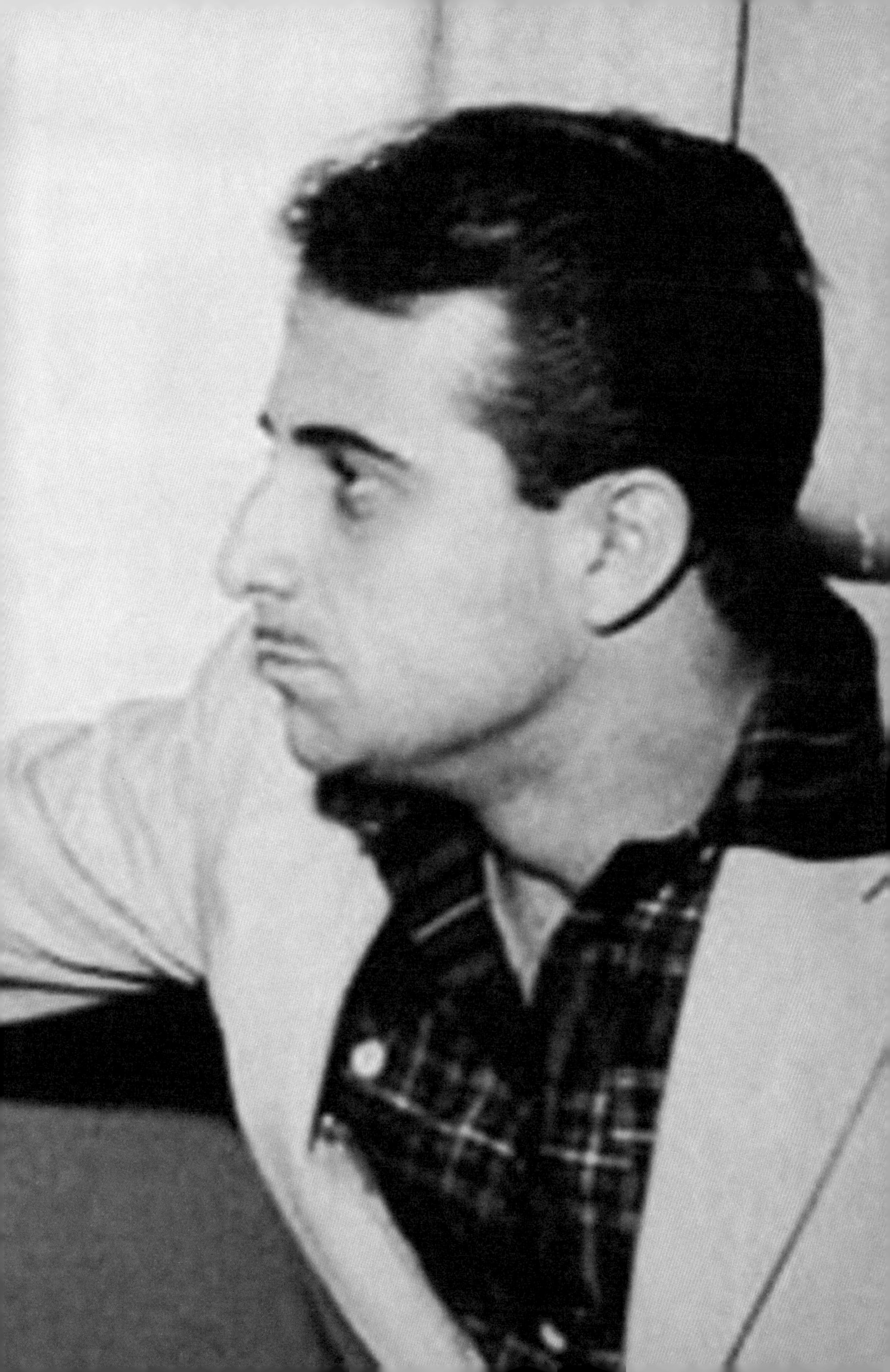

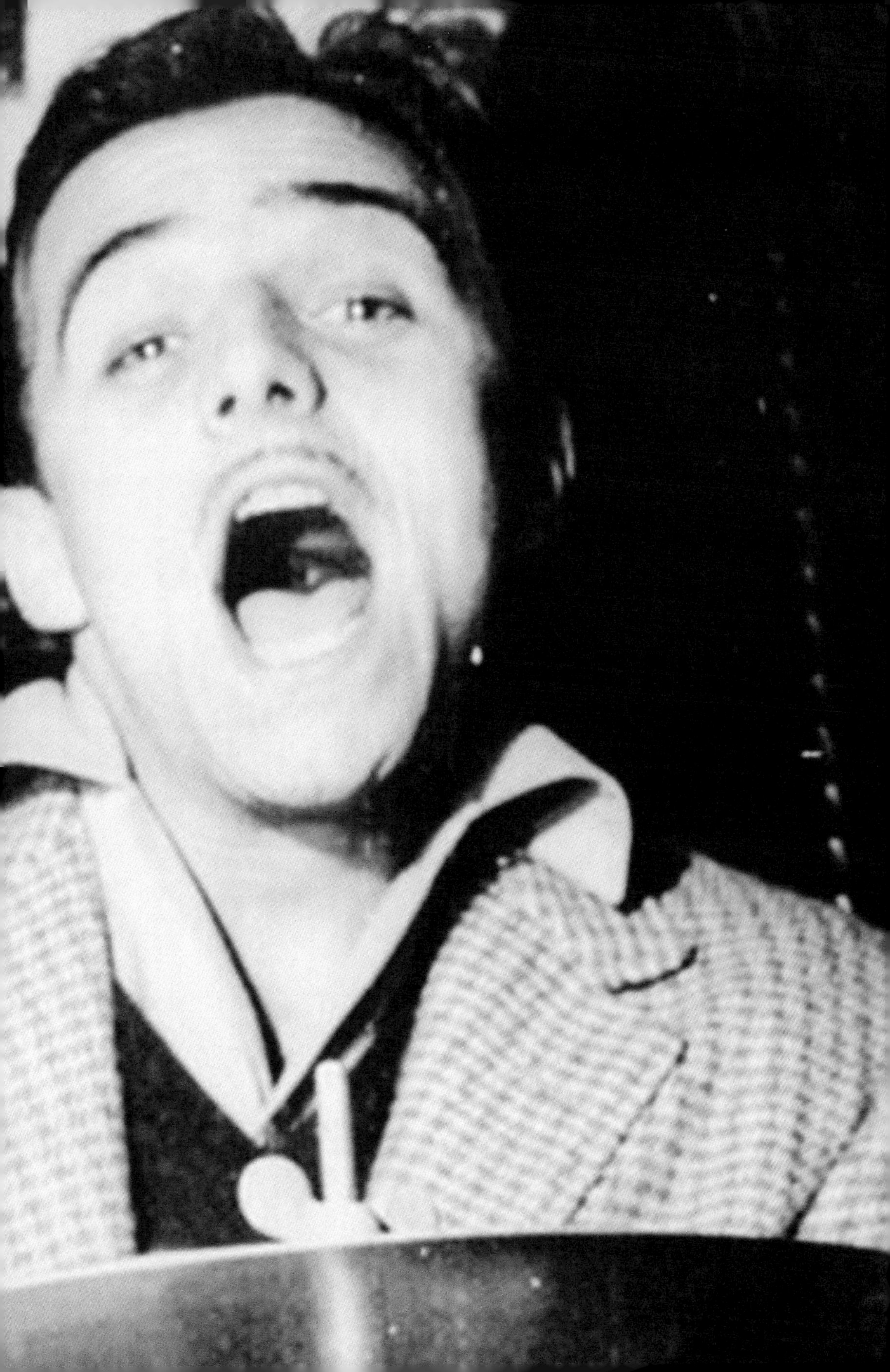

DOUTOR
GOGOL

Apenas uma parte da verdade estaria com quem afirmasse que foi a música norte-americana que atraiu Carlos Manga para o cinema. Não há dúvida de que poucos momentos da sua vida foram mais felizes do que aqueles em que estava no cinema assistindo a um musical da Metro Goldwin Mayer, programa, muitas vezes, vivido no momento em que deveria estar na sala de aula. Deleitava-se com a dança de Fred Astaire e Gene Kelly e suas *partners*, com os grandes cantores e cantoras (uma das suas primeiras manifestações histriônicas bem-sucedidas foi a imitação de Dick Haymes), mas sabia da importância de diretores como Busby Berkeley, Vicente Minelli e Stanley Downey, assim como de um extraordinário produtor como Arthur Freed. Poucas coisas deixaram Manga mais triste do que saber da decadência total da MGM. Ele sofreu como se tratasse de uma perda pessoal. Vai ver que era.

Os musicais ajudaram, mas não foram somente eles que o atraíram para o cinema. O episódio considerado por ele decisivo ocorreu durante a matinê de um cinema de Jacarepaguá (provavelmente, o Cine Baronesa, cantado, aliás, numa bela canção, por Guinga e Aldir Blanc), quando estava com sete anos e foi levado pelas irmãs para ver um filme que a sua memória guardou como *O Estranho Doutor Gogol*.

Na época, morava em Jacarepaguá, para onde a família mudou depois de passar os anos anteriores no bairro da Glória, na casa em que José Carlos Aranha Manga nasceu, no dia 6 de janeiro de 1928, a Casa 11 da Vila Palmira, instalada na Rua Cassiano, nome modificado posteriormente para Rua Hermenegildo

Barros, em homenagem ao ministro do Supremo Tribunal Federal, que votou a favor da extradição de Olga Benário para a Alemanha de Hitler.

José Carlos Aranha Manga era o filho mais moço do advogado Américo Rodrigues Manga e da dona de casa Maria Isabel Aranha, conhecida como Cotinha, que estava com 48 anos quando o menino nasceu. O casal tinha ainda três filhas, todas mais conhecidas pelos apelidos: Diná era Naná; Zilda, Zizi e Odila, Lalá, sendo esta uma espécie de mãe de fato, pois se ocupou mais dele do que dona Cotinha.

Segundo o futuro cineasta, o sobrenome Manga nasceu das aventuras dos antecedentes do seu pai, em Portugal, que viviam em Trás os Montes, na fronteira com a Espanha. O chefe da família, seu tetravô, chamado Rodrigues Rivera, era um homem muito rico, proprietário de várias fazendas, e pai de onze filhos, que se ocupavam do trabalho na fazenda. Aos sábados, recebiam pagamento do pai e iam passear na cidadezinha mais próxima, que sofria as consequências da bagunça feita por aqueles 11 jovens solteiros. Sem saber os nomes deles, as mães advertiam as filhas identificando-os pelas camisas da moda que vestiam, de mangas compridas e largas: "Já para dentro, que os 'mangas' vêm aí!" Um dos rapazes namorou e quis casar com uma moça da cidade, mas a família dela se opôs, o que o levou a raptar a jovem e fugir para o Brasil, onde adotou o nome de Rodrigues Rivera Manga.

Na família de sua mãe, toda ela instalada em Campinas, São Paulo, o principal personagem foi o avô que não conheceu e que se chamava João Egídio de Souza Aranha, monarquista convicto que atuou, inclusive, como advogado do Império. Decidiu protestar contra a República, cancelando o pagamento de qualquer imposto, o que lhe valeu o confisco de todos os seus bens. Era um homem de hábitos austeros e um chefe de família extremamente rigoroso na educação dos filhos. Américo Rodrigues Manga revelou ao filho que "quase se borrou de medo" ao dirigir-se a ele pedindo permissão para casar com dona Cotinha.

Aos dois anos de idade, Carlos Manga foi vítima da barbeiragem do médico no tratamento de uma caxumba. Apesar de toda a família recomendar que deixasse o tempo passar que a caxumba iria embora, o pai, cheio de preocupação com a saúde do único filho homem, decidiu entregar o menino aos cuidados de um médico (na memória de Manga, chamava-se Arisque ou Arisk Lobo), que tinha uma credencial não muito comum na época: acabara de fazer um curso de especialização em pediatria nos Estados Unidos. Ao ver o menino com a cara inchada, tranquilizou o pai, dizendo que, em dez minutos, ele não teria mais nada. Explicou que se tratava de um processo novo e simples: "Introduzo uma agulha e retiro tudo". O resultado foi apavorante: a caxumba abriu e uma ferida imensa ocupou quase todo o seu rosto e seu pescoço. A primeira reação de Américo Manga foi encostar um revólver na cara do médico e ameaçá-lo:

— Se meu filho ficar nessa cama, o senhor vai ficar também.

Pensou melhor, porém, e concluiu que a solução foi procurar um profissional competente. Encontrou um médico do bairro, doutor Olavo, que resolveu o problema com aplicação de banhos de ultravioleta. Ficou apenas uma cicatriz, que inspirou inúmeros oferecimentos de cirurgiões plásticos amigos para retirá-la, sempre recusados por se tratar de "uma marca da infância".

Carlos Manga aprendeu a ler e escrever numa escola do bairro da Glória, sempre com a ajuda das irmãs, e continuou estudando em Jacarepaguá, bairro a que deve o início do amor pelo cinema. Não que ele fosse tão fanático pelos filmes, mas cabia a ele uma missão fundamental para a felicidade das irmãs, a de acompanhá-las toda vez que iam ao cinema com os namorados, segundo a determinação de Américo e Cotinha. "Eu era o irmão chato, que impedia os namorados de irem além do beijo na mão, o máximo a que podiam chegar, naqueles anos 1930." Ele cumpria as ordens dos pais, mas não era uma tarefa que um menino inocente como ele executasse contrariado. Para ter uma ideia dessa inocência, basta dizer que somente aos 13 anos ficou sabendo que a mãe e o pai tiveram uma relação sexual para que ele nascesse e que as irmãs, já casadas, faziam a mesma coisa.

O que mais o impressionou no filme *O estranho doutor Gogol*, título do filme que viu aos oito anos de idade e que lhe ficou na memória sem muita convicção, até porque nunca mais se lembrou de qualquer nome do elenco, foi uma cena em que o personagem médico reduzia o tamanho das pessoas e as manipulava, colocando-as dentro de copos e de xícaras. Saber como se fazia aquilo no cinema foi o que mais o interessou. "Saí do cinema desvairado com o que havia visto. A partir daquela noite só pensava em cinema e me imaginava capaz de fazer aquilo. É uma sensação que permanece até hoje ao ver um filme: saber como foi realizada determinada cena."

Além da fascinação pelo cinema, outras manifestações artísticas encantavam o menino. Uma delas foi o gosto pela direção de espetáculos infantis. Dona Cotinha contava que, desde muito cedo, Manga organizava coros de crianças e escolhia as melhores vozes. Ele próprio gostava de cantar, principalmente canções propícias para colocar a voz para fora, como *Pierrô*, de Joubert de Carvalho e Pascoal Carlos Magno, mas a família o reprimia porque crescia a veia do pescoço nas notas altas, o que, segundo a mãe e as irmãs, era efeito das sequelas deixadas pela caxumba mal curada.

Para quem gostava de cinema, como o pré-adolescente Carlos Manga, a mudança da família para a Rua Conde Bonfim, na Tijuca, foi uma bela notícia. Os cinemas Tijuca (mais conhecido, depois, como Tijuquinha), o América e o Carioca já estavam na Praça Saens Pena e chegariam em seguida, na mesma praça, o Olinda e o Metro-Tijuca. E, perto da praça, na Rua Barão Mesquita, o cine Santo Afonso.

O colégio escolhido pela família foi o São José, de padres maristas, na Tijuca. Não chegou a ser um aluno brilhante nem em aplicação nem em disciplina, sem qualquer deslize grave, a não ser o flagrante de um padre professor, surpreendendo-o, na Praça Saens Pena, com cigarro na mão. Outra vez, foi o próprio pai que o pegou saindo do cinema exatamente no horário em que deveria estar no colégio. E foi colocado fora de sala pelo padre professor por ter perguntado a ele como foi que a mãe de Jesus Cristo conseguiu parir um filho sem ter deitado com um homem. Acabou saindo do São José e concluindo o chamado (na época) curso secundário nos colégios Batista e Laffayette, ambos também na Tijuca.

Embora sonhasse com o cinema, não imaginava que fosse viver dele. Pesava muito mais a ideia de ser advogado, a profissão do pai, por, realmente, gostar dela. Até o cinema contribuiu para reforçar seus planos de estudar Direito, num filme que mostrava uma cena de julgamento, em que, de repente, o advogado de acusação joga uma faca em cima do réu e este a apara com a mão esquerda. A suspeita estava confirmada. O crime foi cometido por um canhoto. Sonhava ser um advogado assim, hábil, fazendo bonito na sala do júri, como fazia o seu ídolo, o advogado criminalista Romeiro Neto, cujas atuações tiveram algumas vezes Carlos Manga como testemunha. Não tinha, portanto, outro caminho senão ingressar numa Faculdade de Direito. Fez concurso para a Universidade Federal Fluminense, onde estudou enquanto cumpria serviço militar no Centro de Preparação de Oficiais da Reserva (CPOR) do Exército, tendo com um dos seus colegas o futuro brilhante escritor, Rubem Fonseca.

O primeiro trabalho nada tinha com o Direito nem com o cinema, mas como auxiliar de tesouraria do Banco Boavista, na agência da Avenida Rio Branco, Centro do Rio de Janeiro, emprego conseguido pelo pai. Diariamente, chegava ao banco e ia direto para o seu guichê, que o esperava com uma quantidade imensa de dinheiro para ser contado. Ele sempre desconfiou que o trabalho era também um teste de honestidade. Contava dinheiro de dia, mas, para a noite, obteve uma ocupação bem mais agradável, pois fora o escolhido entre vários candidatos para desempenhar a função de crooner da Orquestra de Napoleão Tavares e Seus Soldados Musicais. Manga, que sempre gostou de cantar, foi aprovado pela voz, pela estampa, por vestir um elegante summer verde e por conhecer o repertório de música norte-americana de sucesso, particularmente as músicas cantadas por Frank Sinatra e Dick Haymes. Foi uma carreira curta, pois, pouco tempo depois, obteve um lugar para trabalhar no balcão de atendimentos da Companhia Aérea Cruzeiro do Sul, emprego que acumulou com o do Banco Boavista. O novo emprego lhe pagava mais, é verdade, mas os poucos meses em que atuou como crooner deixou belas recordações, pois cada baile em que tocava rendia um namoro. Sentia-se mais feliz quando conseguia roubar a namorada de um militar, principalmente dos cadetes, os favoritos das meninas, na época. A técnica de conquista era sempre a mesma: ele escolhia uma jovem e passava a noite cantando como se fosse exclusivamente para ela:

You must remember this
A kiss is still a kiss
A sigh is just a sigh
The fundamental things apply
As time goes by

Até que ela, devidamente conquistada com o olhar do cantor, passava o telefone reproduzindo, número por número, com os dedos da mão colocada sobre as costas do cavalheiro. Chico Anysio o conheceu nessa época e lembrava-se de ter dançado na sede do Fluminense, ao som da Orquestra de Napoleão Tavares e da voz de Carlos Manga. O cantor chamou a sua atenção pela elegância, pela pinta de galã, com "um bigode à Clarck Gable", e pelo fascínio que despertava nas mulheres. "Era um Dom Juan", atestou Chico.

Quanto ao cinema, Carlos Manga, leitor das revistas especializadas, ia direto às páginas que contavam as histórias dos filmes para reproduzi-las em desenhos. Antes de ver o filme, baseado apenas na sinopse, fazia desenhos numa cartolina preta, tentando reproduzir cada cena. Tinha particular interesse nos filmes dos ídolos, os diretores Orson Welles, Robert Wise, Billy Wilder e John Ford, que, graças aos desenhos na cartolina, desempenharam o papel de uma espécie de professores de Manga, pois ao assistir finalmente aos filmes, ele via todos os seus erros. O mais comum era a lentidão, pois os diretores resolviam numa cena apenas o que ele pretendia fazer em mais de dez desenhos.

Até que, em 1949, alguém – ele nunca mais se lembrou quem foi essa pessoa, talvez Cyll Farney – o levou para assistir à filmagem de *Somos dois*, de Milton Rodrigues, com diálogos de Nelson Rodrigues e com a participação de, entre outros, Dick Farney, Marina Cunha, Sara Nobre, Sérgio de Oliveira, Norma Tamar e Carlos Cotrim. Havia alguma esperança de ser aproveitado numa cena, como figurante, razão pela qual achou recomendável comparecer com aquele summer que vestia nas apresentações da orquestra de Napoleão Tavares. Em sua companhia, estavam a jovem Carmen Verônica, futura deslumbrante vedete do teatro de revista, e a prima Ruth, irmã de criação que dona Cotinha adotara como filha desde cedo. A filmagem foi realizada na

Avenida Atlântica, em Copacabana, no Cassino Atlântico (onde, mais tarde, funcionaria a TV Rio e, depois, um hotel), desativado havia três anos com o decreto do presidente Eurico Gaspar Dutra, acabando com o jogo no Brasil.

As instalações do antigo cassino conservavam uma tímida ideia do velho esplendor, mas o que prevalecia era a impressão de abandono, com sujeira para tudo que era lado, menos no local reservado para filmagens, que mereceu cuidados especiais pela produção do filme, porque a intenção era reproduzir o cassino no cenário. Até tapete vermelho foi providenciado. Manga, Ruth e Carmen Verônica assistiam às filmagens sentados numa mesa, quando o diretor Milton Rodrigues gritou: "O chão está cheio de baratas!". Depois de muitos gritos e correrias, Ruth balançava o vestido para livrar-se das baratas, foi esclarecido que se tratava apenas de um recurso inventado pelo diretor para fazer parte de determinada cena.

A década de 1950 encontrou Carlos Manga trabalhando no Banco Boavista e na Cruzeiro do Sul e mudando sempre de namoradas, embora conservasse uma, Maria Regina, Noquinha, moradora numa vila de casas vizinha da sua e aluna do setor feminino do Colégio Laffayette, localizado em frente à sua casa, na Rua Conde Bonfim. Foi um namoro complicado, graças à oposição dos pais dela, que não tinham a menor simpatia por ele. Os encontros eram sempre muito difíceis, até que os jovens decidiram-se por uma solução que, para a moral vigente na época, principalmente quando envolvia uma moça da classe média tijucana, seria definitiva: Maria Regina deixaria de ser "moça" e passaria a ser "mulher". Ou seja: enquanto ela fosse virgem, o romance poderia ser combatido, mas, se deixasse de ser, a única solução seria promover o casamento deles. O encontro dos dois, planejado por Manga, contou com lances cinematográficos, como a saída dela de casa, sem que os pais percebessem, usando lençol para descer pela janela. Consumado o plano, casaram-se e, em 1953, nasceu Kátia, a única filha do casal. Não foi um casamento tranquilo, porque a sogra achava um desrespeito à religião realizá-lo numa igreja católica. Ameaçou até promover um escândalo se os noivos insistissem, pois, segunda ela, a filha havia perdido o direito ao casamento religioso ao perder a virgindade antes do casamento. A solução encontrada pelo casal foi casar num templo da Igreja Apostólica Brasileira, numa cerimônia celebrada pelo próprio criador da religião, o Bispo De Maura.

A amizade com Cyll Farney, de quem se tornou muito próximo a partir do Sinatra-Farney Fan Club, aumentou em Carlos Manga seu interesse pelo cinema. Cyll (Cilênio Dutra e Silva, 1925-2003), que adotou o sobrenome Farney por influência do irmão, o cantor Dick Farney (1921-1987), estreara em 1949 com o filme A Escrava Isaura, da produtora Cinelândia Filmes, ao lado de Fada Santoro, Graça Melo, Sady Cabral e João Labanca. Em 1950, atuara em *Um beijo roubado*, da Cinédia, com Walter Dávila, Marlene e outros, e Pecado de Nina, da Cinelândia, novamente com Fada Santoro e Sady Cabral no elenco. Em 1951, fez *Tocaia*, outra vez da Cinelândia e com Fada Santoro, e *Aí vem o Barão*, da Atlântida, com Oscarito, Eliana, José Lewgoy, Ivan Curi e muitos outros. Atuou como ator até 1977, quando já havia feito mais de 40 filmes, e decidiu trabalhar como produtor de cinema e abrir um estúdio, que, durante muitos anos, foi utilizado pela TV Globo para os seus programas.

O Sr. Ribeiro Junior (Atlântida) conversa com o jovem diretor Carlos Manga

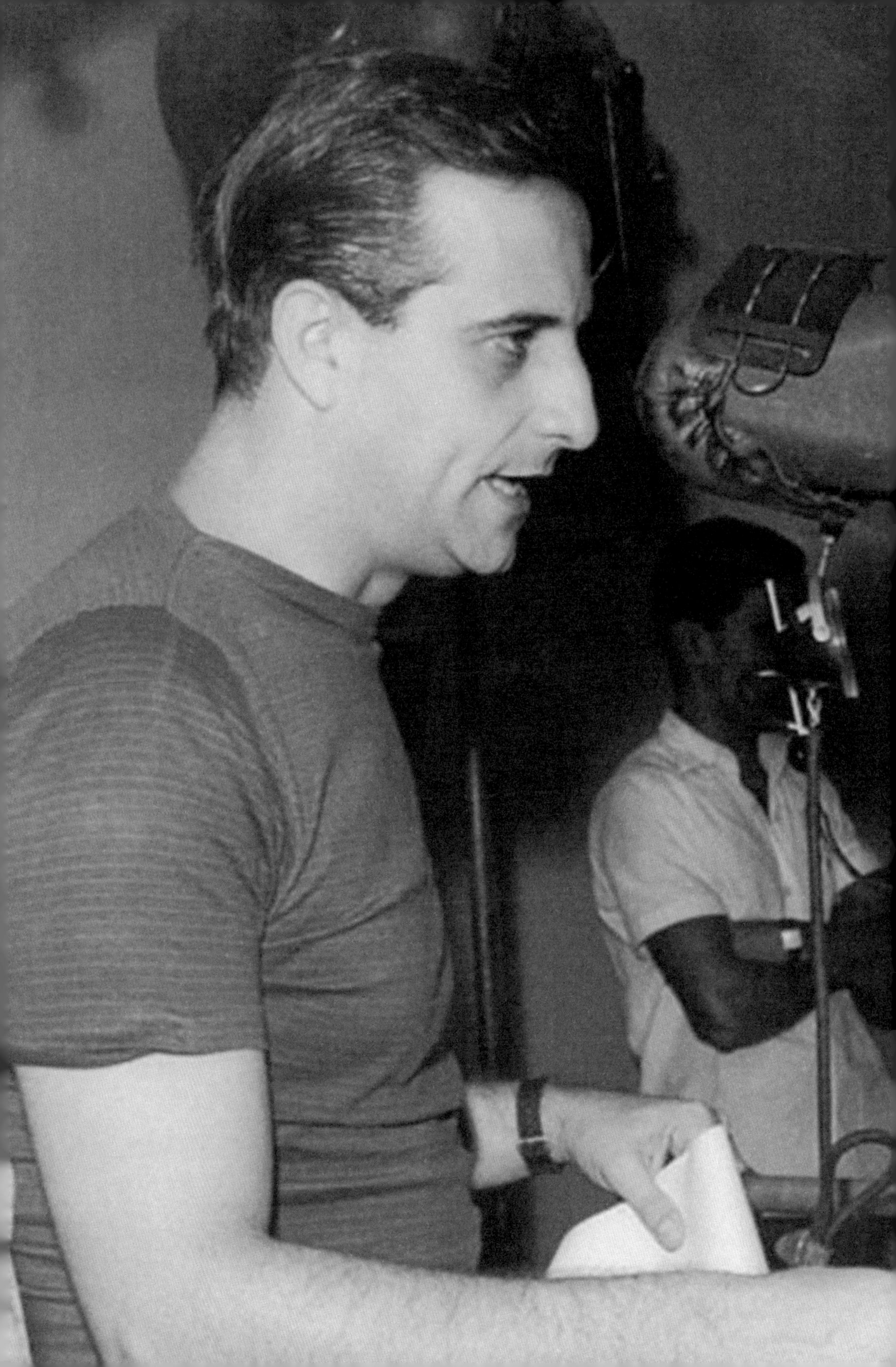

TV-Ri
13

ATLÂNTIDA

CARLOS MANGA E OSCARITO

Foi também de Cyll Farney a iniciativa de levar Carlos Manga para a Atlântida Cinematográfica, a grande produtora fundada em 1941 pelos jornalistas Alinor Azevedo e José Carlos Burle, o cinegrafista Edgar Brasil, o técnico de som Moacir Fenelon e o Conde Pereira Carneiro, dono do *Jornal do Brasil*, com o nome de Empresa Cinematográfica do Brasil. Mais tarde, o nome foi mudado para Atlântida Cinematográfica e, em 1947, a produtora se fortaleceu muito como empresa, quando Luiz Severiano Ribeiro Júnior, proprietário da maior rede exibidora do Brasil, assumiu a condição de sócio majoritário.

Quando Cyll Farney colocou Manga em seu Jaguar e o levou para trabalhar lá, em 1951, a Atlântida era a principal produtora do cinema brasileiro, razão pela qual o candidato a um emprego esperava encontrar instalações semelhantes às dos grandes estúdios americanos. Imaginava "escadarias de mármore, cheias de gente cantando e dançando", mas o que viu deu-lhe a impressão de "uma garagem improvisada". Foi a primeira decepção com a Atlântida. A segunda aconteceu quando Cyll Farney levava-o para percorrer as instalações e pararam diante de um homem com um serrote nas mãos, suando muito para cortar madeira. O homem parou o trabalho ao ver o ator, que logo fez a apresentação:

— Watson, este rapaz vai trabalhar conosco.

Watson estendeu a mão imediatamente e Manga, boquiaberto, retribuiu, num cumprimento apenas formal. Era Watson de Macedo, ídolo do jovem Carlos Manga. "É assim que trabalha um diretor no Brasil?", pensou, frustrado porque imaginava encontrar o mais famoso diretor do cinema nacional numa sala refrigerada e cercado por quinze, vinte belíssimas secretárias.

Mas nada disso foi suficiente para roubar o entusiasmo por trabalhar na Atlântida. Sua disposição era tão forte que, sem sofrimento, trocou dois empregos que, somados, lhe davam mais de três mil cruzeiros por mês, por outro cujo salário era de Cr$ 800,00. Ainda bem que o velho Américo não entendia muito bem o significado daquela mudança de vida, tanto que, quando o filho comunicou que iria trabalhar no cinema, ele perguntou: "Trabalhar de quê? De gerente, de bilheteiro, de lanterninha, de quê?". Não tinha a mínima ideia de que o cinema ia muito além das salas de exibição. Ainda assim, não advertiu o filho por ganhar menos e, o mais grave, por abandonar a Faculdade de Direito.

A terceira decepção com a Atlântida foi quase sem dor, porque Manga não se importava com a função que exerceria inicialmente na produtora, embora trabalhar como uma espécie de auxiliar, cumprindo missões como a de faxineiro, não chegava a proporcionar-lhe qualquer alegria. Como compensação, tinha a de entrar em contato com os grandes nomes do cinema brasileiro, como naquele dia em que varria o estúdio e ouviu alguém dizer: "Menino, não varre muito não. Você pode varrer o cinema nacional". Grande Otelo era o autor da recomendação. A função seguinte, para a qual se empenhou para conseguir, foi a de trabalhar no almoxarifado, sob a chefia de um funcionário conhecido como Carioca, cuja lembrança mais marcante era a de que passava o dia inteiro com um charuto aceso na boca. Sua função no almoxarifado era a de tomar conta das lâmpadas. Não que tivesse alguma vocação para administrar a chegada e a saída das lâmpadas, mas o local em que passaria a trabalhar, a poucos metros acima do estúdio, era estratégico para quem queria muito descobrir todos os detalhes da produção de filmes. Cercado de lâmpadas, prestava atenção na atuação dos diretores e dos técnicos, despertando logo para a importância da seleção das lentes utilizadas nas filmagens. A primeira vez que aproveitou a hora do almoço para colocar o olho na lente da câmera foi na filmagem de Barnabé, tu és meu, dirigido por José Carlos Burle, com Oscarito, Grande Otelo, Fada Santoro, Cyll Farney,

José Lewgoy, a turma de sempre da Atlântida, enfim. Dali em diante, na hora do almoço, quando o estúdio se esvaziava, ele pedia ao assistente de câmera, Dutra, para examinar o efeito de várias lentes, de acordo com a distância e a iluminação. Marcava as distâncias escrevendo um x no chão com o giz e ia aprendendo a focalizar de acordo com as lentes. Era uma aula que se repetia diariamente, sempre com a ajuda do assistente Dutra, um personagem a que sempre se referiu com muito carinho e até com emoção. Depois do almoxarifado, passou a trabalhar como maquinista, função que o obrigava a passar o dia inteiro trajando um macacão. Aos poucos, porém, foi assumindo funções que permitiam conviver intimamente com os filmes, como as de contrarregra e de assistente de produção.

Tanto interesse em aprender tudo de cinema acabou chamando a atenção de Jorge Ileli, ex-crítico de cinema muito respeitado como um profundo conhecedor da chamada sétima arte, que se preparava para dar início à carreira de diretor de filmes. Foi ele que sugeriu, em 1952, a convocação de Carlos Manga para trabalhar como assistente de montagem do filme Areias ardentes, que seria dirigido por Josip B. Tanko, cuja estrela principal,

Fada Santoro, foi sempre exaltada por Manga como uma das mais belas atrizes de todos os tempos do cinema brasileiro. Para o jovem candidato a cineasta, porém, o mais importante foi permanecer ao lado de Waldemar Noya, o Didi, o responsável pela montagem de Areias ardentes, com quem teve as primeiras noções não só de montagem como do uso correto da câmera. Para Manga, “ele sabia tudo da mecânica cinematográfica da Atlântida”.

Numa demonstração de que o jovem Manga poderia contribuir ainda mais para a Atlântida, Jorge Ileli convenceu a produtora a convocá-lo para ser o assistente de direção de outro filme de 1952, *Amei um bicheiro*, bem mais pretensioso do que a média das produções da casa. Contava uma história dos bastidores do jogo do bicho no Rio de Janeiro, envolvendo o confronto entre um banqueiro violento e outro que entrou no ramo em busca de dinheiro para pagar a cirurgia da esposa. A direção do filme ficou por conta do próprio Jorge Ileli (em parceria com Paulo Wanderley) e o elenco era recheado de profissionais que seriam os companheiros de Carlos Manga nos filmes que passaria a dirigir a partir de um ano depois, especialmente José Cajado Filho, responsável pela cenografia. Mas teve, mais uma vez, Waldemar Noya na montagem, além do italiano Amleto Daissé na fotografia. Sem esquecer os atores Cyll Farney, José Lewgoy, Grande Otelo e Eliana Macedo.

Desde Moleque Tião, de 1943, a Atlântica não produzia um filme de tanto êxito, sem que fosse necessário utilizar os recursos tradicionais dos filmes lançados no início de cada ano, na base de humor e das músicas carnavalescas. Além de receber um bom público, *Amei um bicheiro* foi contemplado com os elogios unânimes da crítica e com os prêmios de melhor filme e melhor direção no Festival de Cinema do Distrito Federal de 1953. Foi, aliás, o único filme com a participação de Carlos Manga a ser elogiado pelo crítico Edmundo Moniz, do *Correio da Manhã*, o mesmo que, dois anos depois, ameaçado de receber uns sopapos de Manga, meteu-se embaixo de uma mesa do bar Vermelhinho.

O ano de 1952 marcou, sem dúvida, o início da carreira do cineasta Carlos Manga. Seria um ano maravilhoso se um incêndio, em novembro daquele ano, não tivesse acabado com os estúdios da Atlântida e com grande parte da sua memória. A produtora já havia enfrentado o fogo, mas não em proporções tão graves quanto aquelas, quando foram destruídos máquinas, equipamentos e os negativos de vários filmes, entre eles o do filme Moleque Tião. Pouca coisa pôde ser feita para reduzir o estrago, porque o incêndio ocorreu às três horas da madrugada, matando o único vigia, o português Manuel Pinto, de 76 anos. Manga foi despertado, em plena madrugada, com a notícia do incêndio. Não foi falta de aviso. Em 1949, o cineasta brasileiro (radicado na Europa) Alberto Cavalcanti já havia advertido o pessoal da Atlântida: "Isto não é um estúdio, é uma fogueira".

O que seria da Atlântida? Tal pergunta foi respondida pelo próprio Luiz Severiano Ribeiro Jr., ao convocar toda a equipe da empresa para um encontro no Teatro Glória, quando se disse obrigado a efetuar muitos cortes no quadro de empregados. Mas deu algumas boas notícias. Uma delas foi que os negativos de *Amei um bicheiro* estavam salvos. E deu outra que seria decisiva para a carreira de Manga: a de que continuaria as filmagens de Carnaval Atlântida, dirigido por José Carlos Burle, que já estavam bem adiantadas, faltando algumas cenas e os números musicais. Anunciou o lançamento do filme para o início de 1953 e pediu a colaboração de todos. Era tudo o que Carlos Manga queria ouvir. Aproximou-se do patrão e mostrou um desenho que havia feito em colaboração com um cenógrafo chamado Pablo, decupando a montagem de um número musical. É verdade que havia dois motivos para pleitear uma melhoria na Atlântida: o primeiro foi o nascimento de Kátia, sua filha com Noquinha, e o segundo, uma manifestação de simpatia de Severiano, dias antes, quando Manga mostrou o resultado de um trabalho realizado por iniciativa própria, que foi o de filmar Oscarito saindo de casa afobado e correndo para o carro. Depois, a chegada dele ao estúdio e a espera, sentado pacientemente numa cadeira, do momento de entrar em cena. Além disso, voltando ao número musical, Manga sabia muito bem o que queria, pois já estava informado de que Dick Farney, seu velho conhecido desde o Sinatra-Farney Fan Club, a quem dirigira no show realizado na sede do Fluminense, seria um dos cantores do filme. Carlos Manga explicou a Severiano sua intenção de colocar dançarinas no escuro, acendendo sobre elas focos de luz, que marcariam um círculo branco no chão. Severiano estava ao lado do fotógrafo italiano Amleto Daissé, a quem perguntou se era possível fazer aquilo, e a resposta foi a de que não havia, no Brasil, equipamento para condensar a luz daquele jeito. Manga interveio:

— Vamos pintar círculos brancos no chão para dar a impressão de que os focos de luz são responsáveis por eles.

Amleto concordou com a ideia e Severiano achou que valia a pena tentar. Por sugestão do próprio Dick Farney, a música a ser apresentada seria Alguém como tu (José Maria de Abreu e Jair Amorim), do repertório da cantora Dircinha Batista. Cantor e música remeteram Manga, naturalmente, aos musicais norte-americanos, levando-o a sugerir ao responsável pelo arranjo, o maestro Lyrio Panicalli, que fizesse alguma coisa lembrando a orquestração feita nos Estados Unidos para o próprio Dick Farney, na gravação do clássico *That Old Black Magic*.

O cenário era o mesmo do show na sede no Fluminense, nada demais, apenas uma escada e um fundo preto. Quando Manga revelou ao diretor de fotografia, Amleto Daissé, que planejava colocar a câmera no chão e focalizar Dick Farney no alto da escada, o experiente profissional disse que era impossível. Depois de um rápido bate-boca, o jovem candidato a diretor desafiou: "Se não quiser fazer, eu faço". Amleto afastou-se, segundo Manga, com a cara de quem pensava qualquer coisa como "será que esse garoto sabe mesmo?". Amleto não percebeu que o garoto apenas blefava e já pensava numa reconciliação, pois tinha consciência de que lidava com um mestre da arte de manejar a câmera, mas teve de insistir no desafio, depois que o ator Cyll Farney chamou-o num canto e cochichou: "Está todo mundo vibrando com você. Ninguém tem coragem de falar essas coisas para o Amleto. Vai em frente que você será o ídolo do pessoal técnico da Atlântida". Ele tinha como trunfo o fato de ter sugerido a utilização da lente de 35 milímetros na câmera, graças às experiências feitas na hora do almoço, com o auxílio do assistente Dutra, e, sobretudo, por saber que foi a lente usada por Orson Welles em Cidadão Kane, filme que Manga viu muitas vezes para avaliar os efeitos da relação das lentes com a iluminação.

O diretor da cena entrou num acordo com o diretor de fotografia e a filmagem teve início com Dick Farney cantando no alto da escada, descendo em seguida até chegar embaixo e ser recebido por bailarinas (entre elas, estava Olga, futura esposa de Dick). A filmagem mal começou e Manga mandou parar, por perceber que, enquanto cantava, o cantor não sabia o que fazer com os braços. E sugeriu que Dick descesse a escada cantando e, ao mesmo tempo, puxando a manga da camisa, ajustando-a ao pulso. Uma solução, evidentemente, extraída do cinema norte-americano.

Foi uma estreia vitoriosa, porque, em seguida, foi convocado para dirigir, no mesmo filme, outra personagem do Sinatra-Farney Fan Club, Nora Ney, que cantava o samba-canção de grande êxito Ninguém me ama (Antônio Maria-Fernando Lobo), numa cena mais difícil, porque teria de aparecer como se fosse um sonho do Conde Verdura (José Lewgoy). Ficariam sob sua responsabilidade as duas músicas românticas do filme carnavalesco, se não fosse chamado, adiante, para dirigir também Francisco Carlos cantando Máscara da face (Klecius Caldas e Armando Cavalcanti), sucesso carnavalesco de 1953.

Além de marcar a estreia de Manga como diretor de cena, Carnaval Atlântida levou pela primeira vez o nome dele para a imprensa. A revista Manchete não só o apresentou como diretor dos números musicais, como o apresentou com o nome que o identificaria para o resto da vida: Carlos Manga. Já a revista Cinelândia, em reportagem sobre o filme, se encarregou de assinalar que "J. Carlos Manga, que orienta a parte musical de tanta importância na película, está felicíssimo, mais do que o primo do Balança, tanto com os números quanto com os intérpretes" (fazia alusão a um quadro do programa humorístico Balança, mas não cai, da Rádio Nacional, em que, no diálogo entre os dois primos, o rico e o pobre, um deles se dizia "felicíssimo"). Foi, sem dúvida, um momento de extrema felicidade para Manga. O seu trabalho, por sinal, repercutiu até em Pernambuco, onde a Folha da Manhã, em crítica do filme, também identificou Manga pelo seu nome definitivo e assinalou que "José Carlos Burle continua do mesmo jeito, mostrando em seus filmes o que o cinema norte-americano tem de pior. No meio de um bocado de asneiras, salva-se a concepção de dois ou três números musicais, um bom trabalho de Carlos Manga".

Mas havia ainda uma crise que parecia sem solução, que foi a interrupção das derradeiras filmagens de Carnaval Atlântida, porque Oscarito, o artista principal do filme e da própria Atlântida, abandonou tudo, foi para casa e comunicou que não voltaria mais. Estava inconformado com o tratamento dispensado pelo diretor José Carlos Burle à maquiagem criada por ele, depois de várias horas de trabalho diante do espelho, para representar uma mulher (Helena de Troia). Oscarito não gostou que a câmera, ignorando detalhes preciosos da maquiagem, o focalizasse de longe e de maneira muito rápida. Já era conhecido na Atlântida o estilo um tanto ou quanto preguiçoso de Burle na direção, dando a impressão até de que era uma atividade que lhe causava tédio. Oscarito não se conformou com o pouco caso dispensado à sua maquiagem tão trabalhosa, sem ser contemplado com um close sequer.

Luiz Severiano Ribeiro Jr. pegou o carro e foi até a casa de Oscarito, na tentativa de convencê-lo a voltar para o estúdio, mas em vão. Depois de muita conversa, muitos apelos, o ator apresentou uma condição: voltaria a filmar desde que o diretor não fosse José Carlos Burle. Quando voltou ao estúdio, encontrou todo o elenco de Carnaval Atlântida ávido de uma boa notícia. Quando o patrão revelou a condição apresentada por Oscarito, Cyll Farney apresentou a sua sugestão:

— Acho que o senhor poderia experimentar aquele menino que dirigiu os musicais.

Resposta de Luiz Severiano Ribeiro Júnior:

— Você acha que vou botar Oscarito na mão de um menino? Está louco?

— Se eu fosse o senhor, botaria – replicou o Cyll Farney, que continuou a argumentar e acabou convencendo o patrão a, pelo menos, fazer uma experiência.

Severiano comunicou a Oscarito que aceitara a sugestão de Cyll Farney, mas deixou o ator inteiramente à vontade: "Você será dirigido por esse menino. Se não servir, me telefona e eu tiro ele do estúdio em cinco minutos".

O resultado da experiência não poderia ser melhor, porque, sem que Cyll e Manga soubessem, Luiz Severiano fez a pergunta definitiva para Oscarito: "Que tal o garoto?".

— Acho que vale a pena contratá-lo – foi a resposta.

O que Oscarito não percebeu foi que o jovem diretor morria de medo enquanto dirigia. "Eu tremia feito vara verde", disse ele, lembrando-se daqueles dias em que tinha de, entre outras coisas, comandar as filmagens do final do filme, com todo mundo cantando Se essa rua fosse minha.

Terminado o trabalho, Luiz Severiano Ribeiro Jr. foi contemplado, como sempre, com a primeira exibição. Viu o filme atentamente em sua cabine, com um olhar especial para as cenas dirigidas pelo diretor iniciante. No primeiro encontro com Manga, não fez qualquer comentário, mas convidou-o para, no domingo seguinte, ir até Petrópolis a fim de conhecer o velho Luiz Severiano Ribeiro, que descansava na cidade, após uma longa vida de trabalho, em que criou a maior rede de exibição de cinema que o Brasil conheceu.

Quando chegou ao casarão de Petrópolis, foi recebido pelo presidente da Atlântida, na época, um cunhado de Severiano Ribeiro Jr. chamado Rui, que pediu para aguardar o anfitrião, sentado na varanda.

— Você que é o tal do Manga, o gênio que meu filho descobriu?

Foi assim que o velho Severiano saudou o visitante, que reagiu com modéstia:

— Não é nada disso, seu filho é que é muito bom.

— Se ele disse que você é um gênio, você é mesmo um gênio - insistiu o velho e retirou-se, com ar de deboche: "Gênio...".

O constrangimento de Manga foi amenizado pela chegada de Severiano Ribeiro, com o convite para acompanhá-lo até o Centro de Petrópolis para fazer algumas compras pedidas pela esposa. Manga entrou no carro do patrão - um Oldsmobile conversível preto com capota também preta - sentou-se ao lado dele, no banco da frente, e a conversa teve início com a pergunta pelo nome todo dele, passando depois a definir o nome que o jovem diretor passaria a adotar dali em diante:

— José Carlos Aranha Manga é muito longo. De José eu não gosto e Aranha não é possível. Você vai se chamar Carlos Manga - disse ele, mostrando, em seguida, o texto de um contrato de trabalho de dois anos com a Atlântida, que seria assinado logo depois, e um bloco de papéis logo identificado: "Este é o roteiro do filme que você vai fazer em março".

Era o roteiro escrito por Vitor Lima para o filme A dupla do barulho, o primeiro a ser dirigido inteiramente por Carlos Manga. Ainda bem que o patrão não reparou a primeira consequência da sua decisão: os intestinos do jovem não suportaram tanta emoção e deixaram as calças dele sujíssimas.

a atlantida APRESENTA
OSCARITO ★ Grande OTELO
em
DUPLA DO BARULHO
RENATO RESTIER ★ EDITH MOREL
AMBROSIO FREGOLENTE ★ MARA ABRANTES
WILSON GREY ★ ANTONY SAMBORSKY
Uma exaltação às lutas e emoções dos artistas consagrados pelo PÚBLICO!
Atuação especial de GREGORIO BARROS
Um filme da ATLÂNTIDA GARANTIA DE BOA Qualidade!
Argumento de VICTOR LIMA e J. CARLOS MANGA
Direção: CARLOS MANGA
Depois de
FALTA ALGUEM NO MANICOMIO
E O MUNDO SE DIVERTE
Terra Violenta
Tambem somos Irmãos
Carnaval no Fogo
NÃO E' NADA DISSO
A Sombra da Outra
AVISO AOS NAVEGANTES
Maior que o Odio
Aí vem o BARÃO
BARNABE' tú és meu
Areias ARDENTES
Carnaval Atlântida
Amei um Bicheiro
Dupla do Barulho
U.C.B.

O DIRETOR DAS CHANCHADAS

ATLÂNTIDA
apresenta
OSCARITO
U.C.B.
PAPAI
FANFARRÃO
CYLL
FARNEY
MYRIAN TEREZA • MARGOT
LOURO • SARAH NOBRE •
AFONSO STUART • POLA
LESTE • TETSUO KAWADA
PAULO MONTEL
DIREÇÃO DE CARLOS MANGA
UM SUCESSO NO PÁLCO
AGORA NA TÉLA
PARA O SEU
contentamento!

CARLOS MANGA, FALANDO DE CINEMA:

— OSCARITO É UM FENÔMENO

— Um filme sério não deve ser confundido com um filme chato. Os produtores têm o legítimo direito de zelar pelo capital empregado, o qual não oferece nenhuma garantia certa. O Brasil possui apenas dois mercados — Rio e São Paulo — para que o filme se pague e dê lucro. Mas, a nossa platéia prestigiará o levantamento do nível artístico do cinema brasileiro, desde que êle seja feito com honestidade.

Para provar o prestígio do nosso cinema junto ao povo, Carlos Manga citou a popularidade que desfrutam certos artistas nacionais. Com referência ao elemento masculino, disse:

— Temos Cyl Farnei, cujo índice de popularidade pode ser comparado com o de qualquer artista americano. Cyl é um dos profissionais mais corretos que comigo trabalhou.

Na mesma linha de raciocínio, Manga chegou a Oscarito:

— Trata-se de um fenômeno cinematográfico brasileiro. Possuidor de inúmeros recursos, um zêlo profissional impressionante, é lamentável que, se tem o reconhecimento do público, ainda lhe falte a parte crítica. Se hoje o nosso cinema pode ser considerado um fator de sucesso comercial, em grande parte deve-se aos filmes em que Oscarito trabalha.

O diretor e a espôsa, Inalda, que foi estrêla de cinema. Vejam, no texto, as palpitantes revelações de Carlos Manga sôbre o nosso cinema e seus artistas.

Cinelândia

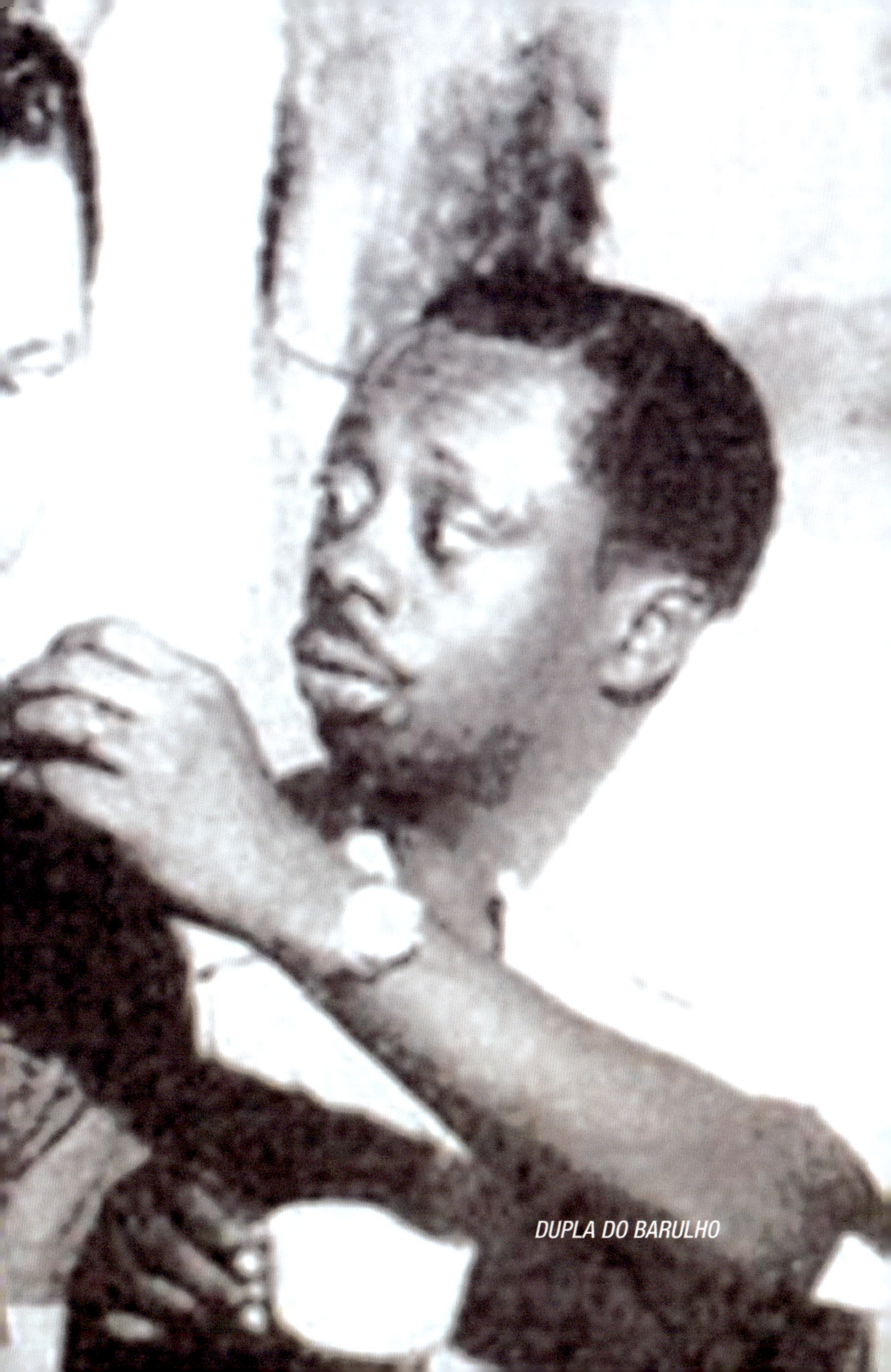

DUPLA DO BARULHO

DUPLA DO BARULHO

Carlos Manga ingressou no então fechado clube dos diretores da chanchada em 1953, ano em que ainda não se usava a palavra chanchada para definir os filmes brasileiros que, segundo o próprio Manga, contavam histórias que assim se desenvolviam:

1. Mocinho e mocinha se metem em apuros.
2. Cômico tenta proteger os dois.
3. Vilão leva vantagem.
4. Vilão é vencido.

Tudo isso, é claro, com o reforço das músicas carnavalescas lançadas no ano em que os filmes chegavam aos cinemas de todo o Brasil.

Watson Macedo era o diretor padrão do gênero para Manga, que, por isso, sempre lamentou não ter trabalhado ao lado dele. "Minha meta era chegar ao nível de Watson Macedo" confessou, revelando que havia uma diferença nos métodos de ambos: "Ele dirigia seus filmes com honestidade e amor. Ficava comovido quando dirigia e passava a emoção nos seus filmes. Infelizmente, essa honestidade eu nunca tive. Dirigi as chanchadas pensando em dispor de um espaço. Fiz para vencer, para existir. Mas não foram poucas as vezes em que tive dúvidas sobre o que estava fazendo". Bonita confissão, mas a obra de Manga, se mereceu severas críticas durante a década de 1950, receberia elogios de vários estudiosos que, muitos anos depois, se dedicaram a analisar aquela fase do cinema brasileiro.

Como escreveu Flávio Marinho, na biografia do ator Oscarito: "Não adianta. Mesmo seus detratores têm que admitir: é gritante como as chanchadas dirigidas por Carlos Manga elevaram o nível do gênero. É impossível fechar os olhos para o apuro e o bom gosto das imagens, o ritmo muito menos claudicante, a narrativa muito mais enxuta, a caprichada fotografia em preto e branco, explorando o 'claro-escuro' e as sombras, no lugar daquela implacável iluminação chapada. Todos os aspectos da produção passaram a ser muito mais cuidados". O escritor Ariano Suassuna não fez por menos: "A chanchada é infinitamente superior a esse lixo do cinema norte-americano". E o diretor de teatro José Celso Martinez Corrêa atestou que as chanchadas produziram "verdadeiras obras-primas".

No excelente livro *Este mundo é um pandeiro* – A chanchada de Getúlio a JK, Sérgio Augusto revela que nem aquele estilo de fazer filmes nem a palavra "chanchada" nasceram no Brasil. Já se fazia chanchada em Portugal, no México, na Argentina, em Cuba e na Itália. Coisa de latino, como se vê. Segundo ele, a palavra chanchada viajou com "passaporte europeu" (não disse de que país) e aqui chegou depois de uma "baldeação na Argentina". Ele cita João Luís Vieira, que, em seu livro Riso amargo, afirma que a palavra é de origem italiana, derivada de cianciata, que define, entre outras coisas, "um discurso sem sentido". Sérgio Augusto cita também as definições de dois dos mais importantes brasileiros especialistas em cinema, Alex Viany e Paulo Emílio Salles Gomes. Para o primeiro, chanchada é uma "comédia popularesca, em geral apressada e desleixada, com interpolações musicais", e, para Paulo Emílio, uma "comédia popularesca, vulgar e frequentemente musical".

Seja lá o que for, o fato é que o público do cinema brasileiro nunca foi tão numeroso quanto na época das chanchadas, e Carlos Manga teve tudo a ver com essa fase. Em A dupla do barulho, com o salário mensal de oito mil cruzeiros, fez questão de deixar as suas digitais bem nítidas, não só na parte técnica como também no próprio roteiro de Vitor Lima. Mexeu na história criada pelo Vitor, que envolvia uma dupla de atores de teatro mambembe a percorrer o Brasil sonhando com o sucesso. A Atlântida o reconheceu imediatamente como coautor do roteiro, já que o próprio anúncio do filme, de responsabilidade da produtora, informava que o argumento era de Vitor Lima e Carlos Manga e a direção, de Carlos Manga. A intervenção no roteiro teve, entre outros objetivos, destacar o lado racial da dupla Oscarito e Grande Otelo, que interpretavam Tonico e Tião. "Eu era simpatizante da esquerda e não me conformava com a posição subalterna em que os personagens negros eram colocados no cinema e no teatro", justificou. Foi por isso que aproveitou um momento em que o personagem Tião estava de pileque (o álcool, como se sabe, elimina a "censura" que impede as pessoas de falarem o que pensam) para desabafar: "Por que Tonico e Tião? Por que não Tião e Tonico? Ah! Estou cansado de ser escada!".

Ninguém seria capaz de afirmar que Grande Otelo não adoraria falar a mesma coisa, se não passasse todos os filmes em dívida com Oscarito, pelo perdão recebido depois de todas as suas faltas disciplinares. Quantas vezes Oscarito chegava pontualmente ao estúdio, devidamente maquiado, para contracenar com Grande Otelo, e tinha de voltar para casa, porque o colega tomou um tremendo porre e voltou somente dias depois? Oscarito tinha tal confiança no seu trabalho que nunca externou qualquer preocupação com a possibilidade de Otelo tomar-lhe o lugar de protagonista. Por sugestão do próprio Oscarito, várias piadas atribuídas a Tonico no roteiro passaram para Tião. O comportamento de Otelo, por sinal, foi um excelente teste para o comando de Carlos Manga, um diretor que, nessa fase, adorava parecer tirânico e dar ordens com a voz alta. Mas, sabiamente, Manga separou Grande Otelo dos demais, sob o pretexto de que ele era gênio e, sendo gênio, era sempre perdoado. Perdoou até 1970, quando o ator foi convidado para participar do apavorante programa Quem tem medo da verdade?, na TV Record, dirigido e apresentado pelo próprio Manga. Um programa que parecia destinado a desmoralizar os convidados, com perguntas e acusações tenebrosas. Mas, segundo Manga, vários artistas famosos o procuraram pedindo para serem convidados, pois achavam que a simples participação no programa era suficiente para arranjar mais trabalho. Entre os artistas que o procuraram estavam Dalva de Oliveira e Grande Otelo, este apresentado assim, pelo próprio Carlos Manga: "Este negro é bêbado, moleque, inescrupuloso e irresponsável e estragou o meu primeiro filme".

No primeiro filme de Manga, ele contou também com duas lindas mulheres, Edith Morel e Mara Abrantes, e um elenco de artistas que, em grande parte, participou de um bom número de chanchadas: Renato Restier, Wilson Grey, Fregolente, Átila Iório e outros. Na parte musical, participou, entre outros, o cantor espanhol Gregório Barrios, tão popular no Brasil quanto qualquer cantor brasileiro. Foi um dos melhores intérpretes e um dos principais divulgadores do bolero no Brasil. A direção de fotografia do filme ficou, como sempre, com Amleto Daissé. Waldemar Noya e o próprio Carlos Manga ficaram encarregados da montagem. Além de modificar o roteiro de Vitor Lima, de gritar com artistas e técnicos, Manga colocou em prática um processo bem peculiar de direção de atores: antes mesmo do ensaio, ele mostrava a cada um deles o que queria, fazendo ele mesmo o papel de ator. Tal característica foi percebida pelo repórter Ronald Valle, da revista Cinelândia: "Manga está dirigindo com todo entusiasmo de um estreante, certo de que sua carreira dependerá do que conseguir nessa película. Ele dirige em bom estilo de comando, ensaiando os artistas com demonstrações dos personagens".

A crítica cinematográfica ou ignorou A dupla do barulho ou fez restrições superficiais. Não se pode dizer que levara o filme a sério, mas pelo menos um crítico importante de um jornal importante, Edmundo Lys, do Globo, recebeu-o de braços abertos: "O novo diretor da Atlântida estreia auspiciosamente nesta película. Sua primeira demonstração de realizador nos anima bastante a respeito de sua capacidade. A dupla do barulho tem muitos momentos de bom cinema e, principalmente, verdadeiro sentimento de imagem fílmica. (...) Em resumo, A dupla do barulho é a realização acima da média e um espetáculo muito simpático, que agradará ao público, merecendo ser estimulado e aplaudido o novo diretor, jovem que muito poderá dar ao cinema nacional".

Manga sentia-se estrela. Jovem, bonito, muito homenageado pelos diretores da Atlântida, descobriu a vida noturna carioca. Não saía do Clube da Chave, vitoriosa boate criada pelo compositor Humberto Teixeira, na Avenida Atlântica, 4264, telefone 27 2855. A casa era regida por um regulamento absolutamente machista: havia apenas 50 vagas para sócios e todos teriam de ser homens. Estes enfrentavam muitas dificuldades para levar um convidado masculino, sendo quase sempre obrigados a submeter-se a uma série de exigências burocráticas. Mas não precisava falar com ninguém, desde que a companhia fosse mulher. Quantas mulheres quisesse levar. Carlos Manga era o sócio número 29, José Lewgoy era o três, Anselmo Duarte o 11, Benê Nunes o 13, Watson Macedo o 21, Oscar Niemeyer o 37, Francisco Carlos o 47, Cyll Farney o 48 e Oscarito o 49. É desnecessário dizer que o Clube da Chave era o local preferido por Manga para levar suas namoradas lindas e/ou ricas. O casamento do bancário da Tijuca com Maria Regina, por tudo isso, se degringolava.

Apesar de ter feito *A dupla do barulho* dentro dos melhores padrões das chanchadas da Atlântida, de cumprir todos os prazos e administrar muito bem os gastos com a produção, acabou cometendo um pecado que, para a direção da produtora, era mortal, sendo os pecadores, em consequência, submetidos à maior pena prevista na empresa: a demissão. Durante a filmagem, ignorando a determinação de Luiz Severiano Ribeiro Jr., que proibia romances amorosos dos diretores de filmes com as atrizes, não resistiu aos encantos físicos de Edith Morel, uma das estrelas de A dupla do barulho, atuando como atriz e como cantora de No lo diga no, de Luís Bonfá e Alberto Castel.

Edith destacara-se como bailarina de Carlos Machado, o empresário responsável pelos mais exuberantes espetáculos da noite carioca, exatamente pelo numeroso elenco de mulheres bonitas selecionado para os seus shows. Ela era argentina de nascimento e veio bem menina para o Brasil, onde faria cursos de dança moderna e de balé clássico. A primeira consequência do romance foi, como se sabe, o rompimento do contrato com a Atlântida. Carlos Manga até que tentou esconder tudo do patrão, mas ele ficou sabendo, demitiu-o e convidou Vitor Lima e J. B. Tanko para concluir *A dupla do barulho.*

Desempregado, mas ainda casado e com uma filha, Carlos Manga não podia deixar de trabalhar. Felizmente, apareceu um emprego que, apesar de temporário, ajudou-o a sobreviver com a família na passagem de 1952 para 1953. É verdade que o emprego apresentava um lado – digamos – provocativo para o conquistador de mulheres bonitas: por indicação de Dick Farney, passou a trabalhar como assistente de Carlos Machado, que preparava o lançamento do espetáculo Esta vida é um carnaval na elegante boate Casablanca e que quadros do espetáculo, fazia papéis diferentes: compositor, fuzileiro naval, escravo, folião de rua e, no final do show, aparecia fantasiado de arlequim. A função de Carlos Manga consistia em ensaiar os atores e preparar os cantores, sugerindo a postura que lhe parecia melhor quando se apresentavam. "Ataulfo Alves, por exemplo", recordou, "cantava muito parado".

Manga sempre desconfiou do comportamento de Vitor Lima, que não tinha qualquer entusiasmo pela sua carreira na Atlântida. Por isso, sentiu-se humilhado quando recebeu a visita do cunhado de Luiz Severiano Ribeiro Jr., o dr. Rui, que se dirigiu a ele para dizer que, embora demitido, ele teria de voltar ao estúdio, onde, sob as ordens de Vitor Lima, filmaria a cena final de A dupla do barulho, cena, aliás, que ele já havia filmado e desaparecera misteriosamente. Mas, como o dr. Rui disse para ele fazer tudo que Vitor Lima mandasse, filmou tudo novamente, sob as ordens de Vitor. Quando dr. Rui perguntou quanto ele queria receber pelo trabalho, respondeu:

— Distância daqui. Longe do senhor e do Ribeiro Júnior. E o senhor diga ao Ribeiro Júnior que a mulher se emprenha pela vagina e ele se emprenha pelo ouvido.

Mas não se conformou com a acusação de que não filmara a cena final de A dupla do barulho. Havia uma pessoa que poderia confirmar que ele estava coberto de razão: o diretor de fotografia, Waldemar Noya, que todos chamavam de Didi. E foi exatamente o que ocorreu: Didi lembrava-se perfeitamente de que o trabalho havia sido concluído e concordou em participar de uma busca cuidadosa, apesar do risco de ser acusado de cúmplice do demitido. Os dois saíram em campo, abrindo gavetas e catando tudo dentro dos armários da produtora, até que encontraram a cena final filmada direitinho. Estava numa lata envolvida por jornais velhos. Com a película na mão, Manga foi direto à sala do dr. Rui, pediu à secretária para entrar e foi atendido. Ao chegar diante dele, colocou o filme em cima da mesa e, cheio de moral, desabafou:

— Isto custa dinheiro. Vai ficar aí para o seu cunhado lamber o rabo. É a mesma cena que ele pediu para fazer, só que muito mais bem feita.

Carlos Manga sempre ignorou se o doutor Rui reproduziu corretamente o recado para o cunhado, mas soube logo que, quando o patrão entendeu que houve uma manobra para prejudicar o jovem diretor, mandou contratá-lo novamente. Mas não tomou partido no embate Manga x Vitor Lima, tanto que convocou o primeiro para dirigir um filme, cujo roteiro já estava escrito pelo segundo: Nem Sansão nem Dalila. Mas, antes de entregar-lhe o roteiro, Luiz Severiano Ribeiro Júnior advertiu-o:

— Aprenda. Nunca se sabe se a atriz foi escolhida porque merecia ou porque era boa de cama.

MONIZ VIANA
X
CARLOS MANGA

FILMAGENS DE NEM SANSÃO NEM DALILA

A. MONIZ VIANA — E' crítico de cinema. Contra o cinema nacional. O diretor Carlos Manga disse que êle fazia crítica antes de ver o filme. O crítico disse que o diretor era débil mental. A coisa ficou nesse pé. E discussão e cinema nacional continuam.

8 de Janeiro de 1955

Dirigir um filme com roteiro de Vitor Lima era uma homenagem da Atlântida – o roteirista também era diretor – e, ao mesmo tempo, um desafio à paciência para Carlos Manga, pois não havia a menor dúvida de que todas as decisões a serem tomadas estavam expostas às críticas, aos comentários desagradáveis e até às intrigas e às fofocas. É verdade que Vitor Lima tinha uma formação teórica sobre cinema bem superior à dele, um autodidata. Vitor fora crítico de cinema da prestigiosa revista *Cena Muda* e fizera curso de roteiro e cenografia nos Estados Unidos, além de ter estagiado na Metro. Manga sabia, portanto, que estava diante do desafio de não só dirigir um filme com roteiro de Vitor Lima, como também de realizar um trabalho inédito, pois o cinema brasileiro nunca cometera o atrevimento de fazer abertamente uma sátira de um filme norte-americano. O filme original, *Sansão e Dalila*, dirigido por Cecil B. DeMille, com Victor Mature e Hedy Lamar nos papéis principais, foi baseado numa das lendas do *Velho Testamento*, quando os judeus foram governados pelos filisteus na Palestina. A linda Dalila, revoltada por não ter conseguido casar com Sansão, acaba com a sua super força, cortando-lhe o cabelo.

Desde o roteiro, *Nem Sansão nem Dalila* era uma sátira em que a chanchada foi levada ao extremo. O próprio Carlos Manga, preocupado em evitar o grotesco, pensou muito numa solução para fazer com que Oscarito, que defendia o papel do barbeiro Horácio, com o cabelo cortado, aparecesse de cabeleira na cena seguinte, em que, depois de entrar na máquina do tempo do professor Incognitus (Werner Hammer), surgisse de cabeleira no Reino de Gaza, em 1153 a.C., como Sansão. Manga achava que uma peruca poderia deixar o personagem um tanto ridículo. Manifestou essa preocupação a Cajado Filho, o cenógrafo do filme, que respondeu prontamente com uma solução: o barbeiro Horácio cortaria a cabeleira de um sujeito muito forte, lutador, e colocaria o cabelo cortado na sua própria cabeça. Ao sugerir tal solução, Cajado conquistou o afeto e a gratidão de Manga. E Cajado foi vital nos momentos em que Manga poderia fraquejar por causa da sua própria insegurança. Vitor Lima, talvez por perceber a insegurança, fazia perguntas para as quais o diretor não tinha resposta. Houve, por exemplo, um momento em que Vitor quis saber em que argola ele colocaria Hélio, o personagem de Cyll Farney. Manga abaixou a cabeça para pensar, mas foi alertado por Cajado, que sussurrou: "Diga o que você quiser, porque vou deixar todas as argolas soltas". Por essa e por outras, Cajado Filho conquistou a eterna gratidão, que se somava a uma admiração de tal nível que o jovem diretor passou a considerá-lo o personagem mais importante das chanchadas brasileiras. Carlos Manga achava que Cajado só não obteve o reconhecimento do pessoal do cinema, na época, porque era negro e homossexual.

Manga precisava muito dos conhecimentos do amigo Cajado, já que a pequena experiência como diretor de filmes já era suficiente para mostrar que havia um clima de intensa competição na Atlântida. Mas nem por isso deixava de aproveitar a experiência alheia para aprender com os mais velhos, embora correndo o risco de ser apontado como um aprendiz ou mesmo como calouro. Pelo menos foi isso que o veterano diretor Luís de Barros (Lulu) deu a entender no livro *Minhas memórias de cineasta*, nas páginas em que lembrou as circunstâncias em que filmou É para casar, em 1953. Deveria ser um filme barato, com um pequeno elenco, pois serviria apenas para a empresa exibidora de Severiano Ribeiro, a Companhia Brasileira de Cinema, cumprir a lei de obrigatoriedade com os três cinemas Metro do Rio de Janeiro. Era uma missão especial para um cineasta com uma produção de mais de 60 filmes, a maioria de longa-metragem. O orçamento atribuído ao filme foi de 500 mil cruzeiros, e Lulu Barros se orgulhou de ter gastado 480 mil cruzeiros e de ter filmado dentro do prazo. Escreveu ele:

"Luiz Severiano Ribeiro Júnior contratou-me para provar que seus técnicos estavam levando tempo demasiado em cada produção. E colocou vários deles, inclusive Carlos Manga, para observar minha filmagem e minha maneira de trabalhar. (...) Era engraçado ver o Manga, para verificar se meus contraplanos estavam certos, fazer o V da vitória, virado ora para um lado ora para o outro, mostrando desconhecer por completo a teoria da linha imaginária. (...) Para intimamente me divertir, dei um ritmo tão acelerado que um dia Manga disse estar tonto e não compreender mais nada. Enfim, terminei a fita em 18 dias. Não sei se eles aprenderam. (...) Havia uma outra cena em que Carlos Tovar, um bom e disciplinado ator, devia fazer um discurso em plena rua, exigindo eu, como sempre, som direto. O que escandalizou o pessoal da Atlântida, pois eu tinha mandado colocar um caixote para Tovar subir, bem em frente ao estúdio, na Rua das Laranjeiras, onde foi, depois, a TV Continental. 'Não é possível', disseram os da Atlântida, tendo Manga à frente. 'Como filmar com esse tremendo barulho de ônibus e autos passando ininterruptamente?' Como eu insistisse, Manga disse para os seus: 'Deixa. No mínimo, ele vai ter de dublar e ao menos o som serve de guia'. Mas, quando viram a cena na tela, ficaram todos surpreendidos. A cena estava ótima e o som, esplêndido."

Por aí, dá para perceber a preocupação de Carlos Manga para dirigir *Nem Sansão nem Dalila*, o filme mais caro produzido até então pela Atlântida – custou três milhões de cruzeiros – um grande desafio, sem dúvida, levando em conta, inclusive, que, às vésperas do início do trabalho, o filme ficou sem José Lewgoy, brigado com Luiz Severiano Ribeiro. O clima de superprodução serviu de tema para uma reportagem da *Cine Revista*, de janeiro e fevereiro de 1954, e impressionou o repórter, que foi até o local das filmagens. Escreveu ele: "Parecíamos estar nos tempos bíblicos. Soldados, carrascos, cortesãs, capitães de guarda, reis e mendigos se misturavam numa confusão de enlouquecer. E, nos quatro sets armados nos estúdios, filmava-se cena após cena. Os sets representavam uma câmara de tortura, os jardins de um palácio, os aposentos de dormir de um rei e, para não faltar um toque moderno, uma barbearia do século XX, muito bem montada, cujo proprietário é Carlos Cotrim, o barbeiro Oscarito, as manicures Eliana e Fada Santoro e um dos fregueses, Cyll Farney". A Atlântida ocupou todos os seus palcos de filmagem e alugou os estúdios da Flama e da Sacra Filmes e, ainda assim, foi obrigada a gravar no Teatro Municipal a trilha sonora, porque não havia no Rio de Janeiro um estúdio em condições de receber, de uma só vez, os 72 instrumentistas encarregados de executar o arranjo de Lírio Panicalli para a música de Luís Bonfá, escrito claramente à maneira da trilha de Vitor Young para o filme *Sansão e Dalila*.

Oscarito gostou da ideia de Carlos Manga de dirigir-se às multidões com o conhecido bordão do então presidente do Brasil, Getúlio Vargas: "Trabalhadores de Gaza!". Manga nunca escondeu o auxílio precioso recebido do veterano diretor de cinema J. B. Tanko (Josip Bogoslaw Tanko, nascido na Croácia), com quem aprendeu noções de composição cinematográfica e certa sofisticação visual. Tanko atuou em *Nem Sansão nem Dalila* como assessor técnico e foi muito útil principalmente na produção, para que nada faltasse às filmagens. Manga confessou que aprendeu muito com ele. O filme inaugurou, no Rio (Rua Haddock Lobo, esquina de Rua do Matoso), em abril de 1954, o cinema Madri. Oficialmente, J. B. Tanko foi diretor de produção do filme.

Nem Sansão nem Dalila até que foi recebido com simpatia por alguns críticos. Salviano Cavalcanti de Paiva, da prestigiosa revista Manchete, considerou-o o melhor filme que a Atlântida havia lançado até então, apesar do "enredo vulgar", valorizado pelo "tratamento aceitável". E observou que "o dinamismo natural de Carlos Manga, o seu senso de observação das coisas e a capacidade de saber aproveitar tudo de mais glamouroso existente nas obras estrangeiras do estilo deram à fita uma fisionomia simpática". Edmundo Lys, do jornal *O Globo*, não considerou o filme uma superprodução, mas viu "uma comédia menos simplória do que de hábito" e que Carlos Manga demonstrou uma "capacidade acima do comum para dirigir obras mais ambiciosas".

Mas o problema de Carlos Manga não era Salviano Cavalcanti de Paiva e, muito menos, Edmundo Lys. O problema era o crítico de cinema do poderoso Correio da Manhã, Moniz Viana, que detestava as chanchadas. Muito respeitado por conhecer cinema e escrever muito bem, chegaria a ser, dez anos depois, redator chefe do jornal, sendo, inclusive, um dos autores do famoso editorial do Correio, publicado no dia 31 de março de 1964, com o título de "Basta!", pregando a derrubada do presidente constitucional do Brasil, João Goulart. Baiano e, além de jornalista, formado em Medicina, Moniz Viana começou a escrever sobre cinema em 1946. Não foram apenas as chanchadas que sofreram com ele. O Cinema Novo, movimento definido por ele como "palhaçada de gente despreparada", também receberia críticas das mais contundentes.

Nem Sansão nem Dalila não mereceu exatamente uma crítica, mas uma sucessão de notas hostis, sendo a primeira delas publicada antes do lançamento do filme, quando as chanchadas ainda eram chamadas de "abacaxis": "O cinema nacional terá a sua 'grande estreia', para a qual se providenciou até a inauguração de uma 'luxuosa casa de espetáculos'. Intitula-se *Nem Sansão nem Dalila* o super-abacaxi em questão, que mereceu do exibidor uma 'proteção' que nenhuma lei garante ao filme nacional: será lançado em quase vinte cinemas, atacando o público de surpresa, com todas as armadas de que dispõe a Companhia Brasileira de Cinema. Não é preciso dizer que esse generoso exibidor é também o produtor da 'comédia bíblica' de Oscarito".

No dia 2 de maio, ao saber que o filme permanecia nas salas de cinema, Moniz Viana optou por uma nota com sabor de fofoca: "Continua a exibição de Nem Sansão nem Dalila, o abacaxi bíblico dos Severianos, que são homens de grande fé cristã. Dizem as más línguas que muitas das fantasias do filme de Oscarito foram usadas no baile do Municipal, onde, todavia, não ganharam prêmios". Sete dias depois, outra nota: "Terceira semana de Nem Sansão nem Dalila, uma das coisas mais deploráveis que a irresponsabilidade já produziu".

Os "Severianos", porém, estavam felizes com Carlos Manga. Em entrevista à revista O Cruzeiro, Severiano Júnior afirmou "acreditar" em Carlos Manga, que trabalhou em "outros misteres nos estúdio da Atlântida, tendo sido até almoxarife". E completou: "Foi aos poucos que chegou a diretor e, hoje, posso dizer, encarregado de todos os departamentos da nossa produção". Além disso, Moniz Viana não imaginaria que, anos depois, Carlos Manga conquistaria o reconhecimento de gente muito importante do cinema e da própria crítica pelos filmes que fez, incluindo Nem Sansão nem Dalila, que, para o diretor e respeitadíssimo homem de cinema, Roberto Santos, apresentou alguns dos melhores momentos do neorrealismo brasileiro. Outro especialista de alto nível, Jean-Claude Bernadet, dedicou ao filme um artigo para o jornal *Opinião,* em janeiro de 1975. Escreveu ele que "o argumento de *Nem Sansão nem Dalila* representa um dos momentos mais altos do cinema político brasileiro". E completa: "O filme apresenta duas mudanças de poder. Numa primeira fase, a aliança que o poder constituído faz com o populismo para se manter, bem como os compromissos do populismo para participar do poder. Na segunda fase, a reação, que, percebendo a incapacidade do poder constituído para se manter sem se aliar com o populismo, afasta um e outro. Tenho a impressão de que raramente foi tão bem esquematizado um dos mecanismos da vida política brasileira, como em Nem Sansão nem Dalila".

Quando Manga não estava no estúdio, estava num cinema, para ver um filme onde pudesse aprender e divertir-se. John Ford, Billy Wilder, Robert Wise, Rosselini e outros não imaginavam que seus filmes eram esperados ansiosamente no Brasil por um jovem que sonhava saber tudo de cinema. Manga não dispensava também diretores tidos como menores, como Bud Boetticher, que, segundo ele, "fazia uns faroestes ótimos com Randolph Scott". Por sinal, ele estava numa fase de ver muito faroeste, o que levou o diretor de fotografia da Atlântida, Amleto Daissé, a perguntar a ele:

— Se você gosta tanto de faroeste, por que não faz um filme de cowboy?

Manga adorou a ideia e rebateu:

— Que tal *Matar ou correr*?

Amleto:

— Boa! Boa!

E passaram a discutir o roteiro na mesma hora. Oscarito fazendo o papel de Will Kane, que Gary Cooper fez em Matar ou morrer (High Noon). Nada mais Atlântida! Nada mais chanchada! Manga vibrou muito, principalmente porque um dos momentos que mais exigiam sua atenção nos filmes de faroeste eram as brigas. Ele sonhava incluir, pelo menos, uma briga num filme seu. A propósito, garantia ter visto todas as brigas de John Wayne no cinema. Foi com todo esse entusiasmo que ele e Amleto dirigiram-se a Severiano Ribeiro, de quem receberam uma entusiástica resposta afirmativa. O patrão estava feliz com o resultado comercial de Nem Sansão nem Dalila, principalmente com a recuperação rápida dos três milhões de cruzeiros investidos. A equipe responsável pelo filme foi quase constituída imediatamente, com poucas novidades. Uma delas foi o acúmulo de funções de Amleto Daissé, que continuou como diretor de fotografia, agora acumulando como roteirista, missão que dividiu com Vitor Lima. Outro que acumulou foi Cajado Filho, cenógrafo e assistente de direção. O montador e o diretor musical foram, como sempre, Waldemar Noya, o Didi, e Lírio Panicalli. A produção ficou com Guido Martinelli e o diretor de produção voltou a ser J. B. Tanko.

A Atlântida não poupou dinheiro em *Matar ou correr*, concordando inclusive com o aluguel de um terreno em Jacarepaguá, onde Cajado Filho montou um cenário em que tentava reproduzir uma cidade como aquelas que aparecem nos filmes de faroeste. Depois de levar o elenco das chanchadas da Atlântida até o Reino de Gaza, um grupo ainda maior, do qual fizeram parte Oscarito, Grande Otelo, José Lewgoy, John Herbert, Renato Restier, Suzy Kirby, Wilson Viana e tantos outros, apareceu numa cidade do oeste norte-americano. Uma das poucas estreias no filme foi a de Inalda de Carvalho, uma bela mulher que acabara de ser eleita Miss Objetiva. Trabalho era o que não faltava para Carlos Manga, mas ele bem que se divertia atendendo aos pedidos de Oscarito para, antes de filmar alguma cena, imitá-lo, movimentando-se e dizendo o texto atribuído ao ator. Manga arrancava gargalhadas da equipe. Oscarito, o Kid Bolha do filme, adorava, mas, evidentemente, fazia o seu papel com um brilhantismo muitos furos acima do desempenho do diretor. Chico Anysio, que viu inúmeras vezes Carlos Manga dirigindo os atores no cinema e, depois, na televisão, tinha por ele tal admiração que afirmou, entre outras coisas, que o considerava "o maior ator do Brasil".

A Atlântida lançou o filme em novembro de 1954, com a mesma pompa de Nem Sansão nem Dalila. Dessa vez, quase todos os críticos manifestaram-se, mas sem qualquer simpatia pela obra de Carlos Manga. Pedro Lima, do *Diário da Noite*, foi o mais moderado em suas restrições, tendo o cuidado até de encontrar alguns pontos positivos: "A inclusão de Oscarito e Grande Otelo no elenco, sem encontrar o diretor que tomasse conta dos esgaires, prejudicou o filme. Tivesse *Matar ou correr* o padrão que se fazia mister, e Carlos Manga teria outro conceito de cineasta. Aqui ele só demonstrou que tem muita intuição e bastante memória visual, a ponto de repetir os mesmos ângulos de *Ardida como pimenta* e até a mesma posição dos artistas em várias cenas. Entretanto, Manga consegue apresentar José Lewgoy de forma perfeita no seu primeiro close, ao entrar no saloon. E foi pena que o diretor não mostrasse as mesmas qualidades em todo o filme, porque, apesar das muitas falhas na história, a imitação do oeste está bem constituída e os tipos bem delineados. (...) A mais fraca do filme é Inalda de Carvalho. Muito maquiada, completamente inexpressiva, em alguns momentos dá a impressão de menina acanhada, que fica agarrada à saia da mãe. (...) Carlos Manga merece nova oportunidade, mas deve aprender mais cinema, para conhecer mais a sua função. Direção não é apenas intuição, mas conhecimentos, aprendizagem, e não perder as oportunidades. *Matar ou correr* não chega a ser o que se deveria esperar, mas também não desilude completamente. Serve para mostrar possibilidades".

No vespertino A Noite, o crítico Van Jafa resolveu dar uma aula de produção cinematográfica: "Entra o diretor Carlos Manga na sua terceira tentativa de fazer cinema. *A dupla do barulho* não dizia nada. Nem Sansão nem Dalila, muito menos, mas meu instinto acusa positivamente o sr. Manga. Acredito que esse jovem orientador pode realizar um bom cinema, mas é preciso, primeiramente, confiarem-lhe um script de verdade e, depois, lembrar-lhe que o diretor tem por função primordial dirigir seus atores e saber contar uma história em viva linguagem cinematográfica. O resto fica a cargo de outros técnicos, desde que exista um diretor daquilo, um técnico de montagem etc., a não ser que esses nomes que constam da ficha técnica sejam de brincadeira. Creio que essa pessoa deva ter responsabilidade e competência. No tocante à direção de Carlos Manga, sou de parecer que deixou os artistas sem orientação, preocupando-se com enquadrações, ângulos e virtuosismo cinematográfico".

No *Diário de Notícias*, Hugo Barcelos observou que "os autores dessa película da Atlântida não tiveram o cuidado de ver no dicionário o que significa paródia" e "tiveram de plagiar, impiedosamente". E resumiu a crítica dando cotação zero para o filme, achando o ritmo "pobre", o enredo "irregular", uma fotografia "comum" e uma interpretação "discreta".

Como sempre, a única crítica favorável foi a de Edmundo Lys, do jornal *O Globo*, que elogiou Carlos Manga por explorar "muito bem os principais elementos do elenco, valorizando muito o trabalho de alguns menos favorecidos no enredo. Além disso, suas cenas violentas têm verdade, autenticidade, bem como os exteriores. No que ele primou foi na construção do suspense, obtido com muita eficiência, e na direção dos artistas (...). Em resumo, *Matar ou correr* é uma realização de boa classe e um espetáculo muito bom, no seu gênero".

Nada demais, se não houvesse também Moniz Viana no Correio da Manhã. Estava irritado com o cinema brasileiro, que, para ele, recebia um tratamento muito generoso da lei que obrigava a exibição de oito filmes estrangeiros para um brasileiro. Em troca, os brasileiros copiavam o estrangeiro, como acentuou no início da crítica: "Quem poderia esperar que *Sven Lauvier (O último endereço)*, realizado em 1950, chegasse ao Brasil em 1953 somente para desmascarar o autor do 'argumento original' de *Agulha no palheiro?*".

Em seguida, uma saraivada de bordoadas no filme de Carlos Manga: "Entre a infinidade de abacaxis que o 'Por-Um' protege, não se tem ideia de coisa mais repelente do que *Matar ou corre*r. Repelente e desnecessária. Não narra uma história, narra uma asneira de noventa minutos. Não é um filme, é uma colcha de retalhos deles arrancados com brutalidade de muitos filmes americanos, nem todos westerns, o gênero de que se quis fazer paródia. Paródias anteriores do filme farwest foram tomadas como modelo, ponto que se passa ao terreno do plágio. E até obras de outros gêneros, até desenhos animados tiveram muitos trechos ostensiva e canhestramente copiados".

Em seguida, o crítico relacionou os filmes, que, segundo ele, foram copiados pelos "fazedores" de *Matar ou correr*:

"Matar ou morrer (Kramer, 1952) – Que lhe deu, além de 12 das 13 letras do título, estes elementos: a montagem, o enquadramento e enxertos da trilha sonora do epílogo. Repete a sequência em que os capangas aguardam o chefe da estação e este também chega de trem (uma cópia do filme de Fred Zinnermann, ao que se diz, esteve à disposição dos copistas nos estúdios da Atlântida).

O valente Treme-Treme (Paramount, 1948) – Comédia de Bob Hope, da qual foi extraído, entre outras coisas, o incidente do tiro que abate o bandido no duelo final, tiro dado por outrem, mas atribuído ao herói por ele mesmo.

O filho do Treme-Treme (Paramount, 1953) – Outra paródia do western de Bob Hope.

Os brutos também amam (Paramount, 1953) – Detalhes do vestuário, de sets e do modo de andar do bandido.

Paixão dos fortes (20th Century-Fox, 1946) – Episódio do cantor do filme de John Ford que não era cantor, mas um ator shakesperiano, que os malfeitores ridicularizaram no saloon. Cena semelhante foi usada em O filho do Treme-Treme.

Poppy (Paramount, 1936) – O mais velho da relação. A partida de pôquer disputada entre o bandido e o herói (que, apavorado, quer perder e solta um four de reis, mas recebe, em troca, um four de ases) foi jogada pelo já falecido W. C. Fields.

O proscrito (Hughes, 1941-46) – No decote de Jane Russel, que motivou tantas complicações com a censura, está inspirado o de Inalda, que não causou nenhuma complicação, embora os artifícios empregados para tornar seu busto tão provocante quanto o da estrela americana.

A filha de Netuno (MGM, 1949) – Que não é western, mas um acqua musical de Esther Williams. Cedeu um gag como Red Skelton. Oscarito é ajudado a montar a cavalo, monta ao contrário e procura a cabeça no lugar em que está a cauda.

Moulin Rouge (Romulus Films, 1952) – Enquadramento da queda das bailarinas de can-can.

Tom e Jerry – Gag da bomba com o estopim aceso, que saiu das comédias dos Três Patetas e hoje só é usado nos desenhos animados.

Não foi identificado o filme que inspirou a sequência do 'casamento' (com Suzy Kirbi vestida de Calamity Jane) ou a forca.

Além disto, algumas cenas de filmes americanos foram contratipadas e inseridas em *Matar ou correr*. Cenas tomadas em *long-shot* (de perseguição de diligências a cavalo) difíceis, pois, de identificar, mas identificadas por um *expert* como sendo de velhos Hopalong Cassidies.

Tudo foi colado e pessimamente colado, como naquela história do menino que, numa prova parcial, copiou a página do livro com letra incerta e ilegível, mas caprichou na caligrafia ao copiar o 'vide figura número 7'."

As críticas, sem dúvida, abalaram Carlos Manga, mas a Atlântida queria saber mesmo era do filme a ser lançado antes do carnaval de 1955. Cajado Filho, encarregado de elaborar o argumento e o roteiro, criou uma história com papel duplo para Oscarito, que seria o Camacho, cidadão moralista casado com uma ativista de um movimento que pretendia acabar com o samba e o carnaval, e o filho de Camacho, Porfírio, que era sambista. O nome do filme não poderia ser outro: *Guerra ao Samba*. Além de Oscarito, Cyll Farney, Eliana, Renato Restier, Margot Louro, vários outros formavam o elenco, que contou com a estreia de Renata Fronzi no cinema, fazendo o papel de uma francesa que dizia com muita malícia a frase "Eu adoro Picassô". Segundo Sérgio Augusto, no seu indispensável livro *Este mundo é um pandeiro*, ela dizia isso com uma cara e uma boca de quem gostava de algo parecido.

De fato, o *Guerra ao Samba* é repleto de falas audaciosas, tanto que a censura cortou um total de 18 piadas, mas apresenta também muita música, com Francisco Carlos, Dircinha Batista, Blecaute, Isaurinha Garcia, Nora Ney, Jorge Goulart, Herivelto Martins com a sua Escola de Samba e Vocalistas Tropicais, Dalva de Andrade, Trio de Ouro e Bené Nunes.

A crítica detestou, como sempre. Ely Azeredo, na *Tribuna da Imprensa*, registrou que uma cena sexy com Renata Fronzi era "cópia descarada" de uma cena de Jane Russel em *Um romance em Paris (The French Line)*. Cyll Farney, por sua vez, ao tocar clarinete, copiava a cena em que Kirk Douglas tocava trompete em *Êxito fugaz (Young man with a horn)*, de 1950". Moniz Viana, como sempre, foi implacável no *Correio da Manhã*: "O sr. Carlos Manga, de uma só cajadada, mata dois coelhos: faz guerra ao samba e ao cinema nacional".

FILMAGENS DE NEM SANSÃO NEM DALILA

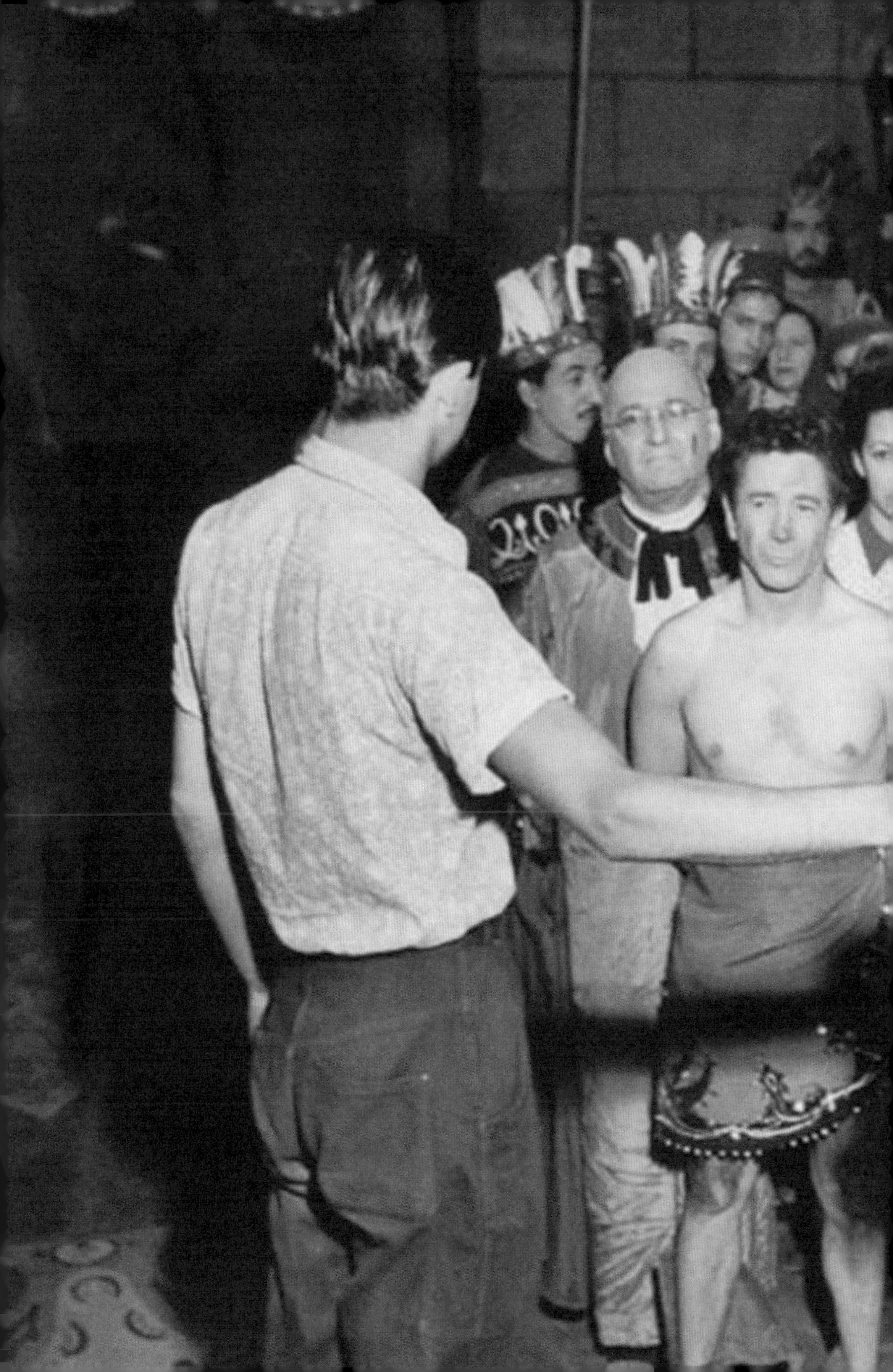

FILMAGENS DE NEM SANSÃO NEM DALILA

NEM SANSÃO NEM DALILA

FILMAGENS DE NEM SANSÃO NEM DALILA

FILMAGENS DE NEM SANSÃO NEM DALILA

CARMEN MIRANDA,
UM SONHO

Carlos Manga parecia não tomar jeito. Não é que ele se apaixonou pela bela Inalda de Carvalho durante as filmagens de *Nem Sansão nem Dalila*? Ainda bem que partiu dela a iniciativa de procurar Luiz Severiano Ribeiro Jr. para dizer que estava apaixonada por ele e mais: que ambos já haviam concordado em viverem juntos, como se casados fossem. Ela fez tudo isso sem consultar o homem amado, que só foi saber do que ocorrera quando Severiano Ribeiro o chamou na sala dele. "Gelei do fio do cabelo à unha do pé", confessou.

É bom lembrar que estamos em 1954 e que o projeto do então deputado Nelson Carneiro, que instituía o divórcio no Brasil, apresentado em 1951, ainda não havia sido aprovado pela Câmara Federal, embora tenha sido motivo de intensos debates, não só no Parlamento como na sociedade.

Manga estava disposto a dar um ponto final no casamento com Maria Regina, que, como ele tanto repetiu, era "uma namoradinha da adolescência" e que se casara com um simples bancário, agora cercado de mulheres maravilhosas. "Que casamento pode aguentar tudo isso?", perguntou como se justificasse a separação. O que ele não sabia é que a separação nem sempre é fácil. "Lembro-me perfeitamente que, no dia em que saí de casa, botei as coisas na mala do carro, entrei para me despedir e beijei minha filha. Até hoje, quando me lembro dessa cena, tenho vontade de chorar."

O fato é que o casamento com a Inalda de Carvalho foi o mais longo da sua vida – 16 anos – e lhe deu dois filhos, Carlos Manga Júnior, o Manguinha, vitorioso profissional da publicidade, e a bela Paula, atriz. Com tanto amor por

Inalda, a mulher da sua vida, como sempre confessou, Manga tomou jeito, certo? Errado, pois foram muitos os romances sem maiores consequências que vieram a seguir, além de alguns tão sérios que chegaram a abalar o seu casamento.

Em agosto de 1954, Manga compareceu à Segunda Semana do Cinema Nacional, realizada em Salvador, que tinha, entre os seus promotores, a Associação Brasileira de Cronistas Cinematográficos. Sem dar importância a esse vínculo, Manga espinafrou Moniz Viana, numa entrevista à Rádio Sociedade da Bahia, acusando-o, inclusive, de fazer críticas sem ver os filmes. A Associação Brasileira de Cronistas Cinematográficos saiu em defesa do associado, acusando Manga de usar "palavras insultuosas e grosseiras à crítica cinematográfica e ao nosso companheiro Moniz Viana, assumindo uma atitude que destoa por completo das normas da boa educação e do cavalheirismo. Ao mesmo tempo que repelimos essa agressão insólita, merecedora do nosso desprezo, manifestamos a Moniz Viana o nosso apreço pela independência e dignidade com que exerce a crítica na imprensa brasileira". Assinam o documento os críticos Luís Alípio de Barros (*Última Hora*), Van Jafa (*A Noite e Carioca*), Adolfo Cruz (*A Notícia e Rádio Nacional*), Waldemir Paiva (*O Mundo*), Ely Azeredo (*Tribuna da Imprensa*), Clóvis de Castro Ramon (*Jornal do Brasil*), Joaquim Menezes (Rádio Continental e presidente da Associação Brasileira de Cronistas Cinematográficos). Todos os que assinaram a nota atuavam na imprensa carioca.

Eles não sabiam que, dias antes, o caso Carlos Manga x Moniz Viana quase terminava em espancamento. É que o diretor de cinema leu alguma coisa do crítico, que insinuava haver um caso de homossexualismo entre ele e Luiz Severiano Ribeiro Júnior. Manga saiu atrás dele pela cidade e foi encontrá-lo no Vermelhinho, um bar instalado em frente à Associação Brasileira de Imprensa e muito frequentado por jornalistas, escritores, intelectuais e artistas de um modo geral. Protegido pelos amigos e pela "turma do deixa disso", Moniz meteu-se embaixo das mesas e, por ali, fugiu do adversário muito mais forte e bem mais jovem.

Outro fato importante de 1954 para Carlos Manga foi conhecer pessoalmente Carmen Miranda, que chegara ao Brasil para um período de descanso, na tentativa de recuperar-se de um estresse que a condenara a um terrível estado de depressão. De fato, os contatos com os velhos amigos brasileiros lhe fizeram muito bem. Ela passou uma excelente temporada no Brasil.

Num domingo, Manga foi ao Teatro Follies em companhia do radialista César Ladeira, para ver um espetáculo em que Renata Fronzi, a mulher de César, era a estrela. Carmen Miranda, também convidada, assistiu ao espetáculo e, depois, aceitou o convite para jantar na casa de Renata e César, em companhia de Carlos Manga. Foi uma noite longa, que se prolongou até a manhã do dia seguinte. "Carmen cantou e dançou, rimos muito, nunca me esqueço dessa noite", confessou Manga. Dois momentos dessa noite foram marcantes para ele. O primeiro quando ela, deitada no sofá, colocou as pernas sobre as dele e, confessando-se cansada, pediu que fizesse uma massagem nos pés. A segunda foi um diálogo, aqui transcrito segundo a lembrança dele:

Carmem – Queria que o filme da minha vida fosse feito por você.

Carlos – Quem tem de pedir isso sou eu, não é você.

Carmen – Tem de ser você, um diretor brasileiro que gosta e entende de música e é bom coreógrafo.

Manga – Um filme desses todo mundo vai querer fazer.

Carmen – Mas, enquanto você não fizer, ninguém fará.

Carlos Manga passou, daí em diante, a vida inteira tentando fazer o filme, sem conseguir autorização para realizá-lo. Uma das suas maiores frustrações ocorreu quando procurou Aloísio de Oliveira, a quem a família dela entregara a decisão de autorizar ou não a realização de um filme. Aloísio acompanhara a cantora na condição de líder do Bando da Lua, desde a temporada no Cassino da Urca, viajou com ela para os Estados Unidos, tornou-se uma espécie de diretor artístico dela, com quem, aliás, chegou a viver um caso de amor que resultou no aborto de um filho. Mas a resposta de Aloísio à proposta de Manga foi decepcionante: ele decidira que um filme sobre Carmen Miranda somente poderia ser feito por um diretor norte-americano. Manga não foi nem um pouco moderado na sua reação:

— Engraçado. Várias pessoas me indicaram você para fazer a direção musical do filme, mas nunca me passou pela cabeça uma coisa dessas. Acho você uma merda.

O último episódio do sonho de fazer um filme sobre Carmen Miranda ocorreria na década de 1970, quando Carlos Manga morava em São Paulo e recebeu um telefonema, pouco depois da meia-noite, do amigo e produtor de cinema Aníbal Massaíni:

— Você pode vir aqui em casa agora?

— Você já viu que horas são? Já é meia-noite e dez.

— Eu sei, mas pega sua mulher e vem.

Pouco depois, Manga e Inalda chegavam à casa de Aníbal Massaíni, que bebia um uísque em companhia de um casal já passado de meia-idade. Os visitantes ficaram um bom tempo sem entender o motivo daquele convite, pois também participaram apenas do uísque e da conversa fiada, até que a tal senhora deitou-se na poltrona, colocou as pernas sobre as coxas de Manga, e pediu:

— Faz uma massagem no meu pé.

Manga olhou para o marido dela, que sussurrou: "Pode fazer". Já devidamente assustado, deu início à massagem e ouviu uma pergunta ainda mais assustadora:

— Por que você não fez o filme sobre a minha vida?

Aníbal cochichou: "Ela recebe o espírito de Carmen Miranda".

A resposta de Manga foi um longo relato sobre as dificuldades encontradas, acentuando, principalmente, a falta da autorização. Ela encerrou a conversa sentenciando:

— Se você não fizer, ninguém faz.

Carlos Manga contou essa história em 2011, quando ainda não fora realizado qualquer filme biográfico de Carmen Miranda. Houve, de fato, um documentário de 90 minutos, muito bem feito, em 1994, dirigido por Helena Solberg, mas a vida da estrela continua inédita no cinema, o que levou o cineasta mineiro Lázaro Faria a considerar, em entrevista à revista *SoulBrasil* de abril de 2008, que o desinteresse do cinema brasileiro pelo tema seja talvez "por vergonha de mostrar a própria cara".

Em julho de 2010, foi a vez do veterano diretor norte-americano Buddy Bregman, de 80 anos, anunciar que pretendia "filmar logo" *Maracas – The*

Carmen Miranda Story, para o qual dispunha de um orçamento de cinco milhões de dólares e um elenco encabeçado pela atriz chilena Jocelyn Osório, que faria o papel da cantora.

O que se sabe é que o direito de fazer um filme sobre Carmen Miranda foi concedido pela família dela à produtora Paula Lavigne.

Para Carlos Manga, um filme sobre Carmen Miranda foi apenas um sonho. A realidade era outra para a Atlântida, que já lhe pagava um salário de quarenta mil cruzeiros mensais, um dos maiores da produtora e, provavelmente, do cinema brasileiro para um diretor. Ganhando tanto dinheiro, coube a ele a tarefa de dirigir as filmagens das peças teatrais em que Oscarito atuava como produtor e ator principal. Foi a solução encontrada para ajudar os exibidores a cumprirem a lei da obrigatoriedade de um filme nacional a cada oito estrangeiros exibidos. Era uma saída para atender à lei e, principalmente, aos interesses da Atlântida, que passava a dispor de filmes baratíssimos para exibir, além de, em especial, um grande negócio para Oscarito, que passou a faturar com as suas peças também no cinema. Quem também saía ganhando era o próprio Carlos Manga, que fazia um filme em poucos dias. Num depoimento a Flávio Marinho, para o livro *Oscarito – o riso e o siso*, Carlos Manga contou que espalhava câmeras pelo teatro e filmava, de segunda a sábado, todas as sessões. "Eu captava o que eles faziam no palco. É claro que Oscarito soltava os cacos dele. E também é claro que eu pegava os melhores cacos. O Ribeiro queria fazer uma experiência e ganhou muito dinheiro com isso. Fazer um filme numa semana, pô? Não tinha nada, não precisava de nada, não precisava gastar nada, estava tudo ali." A primeira peça filmada, no Teatro Glória, no Rio de Janeiro, foi *O Golpe*, de José Wanderley e Mário Lago, cujo elenco era constituído de atores bem familiarizados com a Atlântida: além de Oscarito, Violeta Ferraz, Renato Restier, Margot Louro, Miriam Teresa, Adriano Reis, Afonso Stuart e José Mafra.

Resolvido o problema das peças de Oscarito, surgiu outro, que parecia mais difícil de resolver e que foi exposto pelo próprio Luiz Severiano Ribeiro Júnior, em fins de 1955: o Carnaval de 1956 ocorreria a partir de 14 de fevereiro e a Atlântida estava sob a ameaça de, pela primeira vez em muitos anos, não lançar um filme antes daquela data. Manga, imediatamente, manifestou a disposição de sair em campo, garantiu a liberação de uma quantia equivalente a trezentos mil dólares e convocou Cajado Filho para trabalharem num roteiro, a partir da peça *Cabeça de Porco*, de Luís Iglezias e Miguel Santos, e dos filmes *O samba da vida* (também baseado numa peça, *Federico Segundo*, de Eurico Silva), que Luís de Barros lançou em 1937, e o italiano *Bela e Canalha (Peccato chie sai una canaglia)*, de Alessandro Blasetti, que havia sido lançado em 1955. Manga e Cajado foram para a casa Mangaratiba e trabalharam dia e noite, quase sem dormir, até que o roteiro ficou pronto. O filme ganhou o título de *Vamos com Calma* e o elenco contou com Oscarito (Buscapé), Margot Louro (Madame Pixoxó), Ivon Cury (Príncipe Nico), Wilson Viana, Wilson Grey, Maurício Scherman, Moacir Deriquem e outros. A parte musical ficou por conta de César de Alencar, Ataulfo Alves, Blecaute, Emilinha Borba, Bill Far, Nora Ney, Jorge Goulart, Francisco Carlos, Isaurinha Garcia, Venílton Santos, Ruy Rey e Heleninha Costa.

Tantos dias sem dormir tiveram como consequência um estresse que impediu a participação de Cajado Filho nas filmagens, sendo, por isso, convocado Wilson Monteiro para cuidar da cenografia. *Vamos com calma* estreou duas semanas antes do Carnaval. Como sempre, o filme foi um sucesso e a Atlântida recuperou o dinheiro empregado, mas Carlos Manga não ficou satisfeito com o resultado. Para ele, a única coisa boa do filme foi a abertura, que mostrava um galo correndo atrás de Oscarito, quando tentava pular o muro de uma casa para roubar, até que ele para de correr, vira-se para o galo e diz: "Vamos com calma".

Se Manga não gostou do filme, a crítica, como sempre, gostou bem menos. O crítico Pedro Lima escreveu que o filme era "um esforço despendido de dinheiro e talvez de energia, que só serve para demonstrar como a grande produtora vem caindo no conceito dos que esperavam que ela fosse um baluarte do nosso cinema". Na revista *O Cruzeiro*, José Amádio aprovou o título, que considerou "genial, porque, em verdade, é preciso muita calma, algum sangue frio e exacerbada dose de nacionalismo para aceitar, sem azeite ou vinagre, a referida apoteose ao Carnaval".

A verdade é que, naquele ano de 1956, Manga não parou de trabalhar e partiu para uma experiência inédita para ele, que era fazer um filme de meio de ano, com Oscarito, Cyll Farney e vários outros frequentadores dos filmes carnavalescos. A ideia do roteiro nasceu de um bate-papo no Clube da Chave, em que o cantor Francisco Carlos, um dos melhores amigos de Manga na época, sugeriu a ele aproveitar uma história escrita por Dermival Costa Lima, um profissional de grande prestígio, que começara como radialista e ator de teatro na Bahia, foi o primeiro diretor da primeira emissora de TV do Brasil, a TV Tupi de São Paulo, e dirigiu em seguida emissoras de rádio e TV em várias regiões do país, passando também pelo cinema, como ator. A história foi adaptada para o cinema por Cajado Filho e Alinor Azevedo, autores de um enredo, por sua vez, com forte influência do filme *Escola de Sereias (Bathing beauty)*, de George Sidney, que consagrou a bonita ex-nadadora e modelo Esther Williams.

O filme, uma comédia, ganhou o nome de *Colégio de Brotos* e reuniu um numeroso elenco, do qual se destacaram Oscarito, Cyll Farney, Inalda de Carvalho e Francisco Carlos. Carlos Manga cuidou de abarrotar o filme de mulheres bonitas, entre elas Elizabeth Gasper, grande estrela dos shows de Carlos Machado, e Celeneh Costa, que acabara de ser eleita Miss Cinelândia. Quem estreava no cinema era Daniel Filho, que, anos depois, seria um dos maiores nomes do próprio cinema e da televisão brasileira. *Colégio de Brotos* contou a história de um professor acusado injustamente por causa da presença de uma aluna em seu quarto e do roubo de uma preciosa coleção de moedas.

Num dos intervalos das filmagens, Carlos Manga decidiu, no dia 23 de junho de 1956, formalizar o casamento com Inalda de Carvalho, numa cerimônia realizada na Igreja de São Domingos, em Niterói. Os noivos não quiseram fazer qualquer publicidade do casamento, tanto que marcaram o ato para uma igreja de Niterói, às 11 horas da manhã de uma segunda-feira. Nem a Atlântida foi avisada. Os padrinhos do noivo foram os cantores Jorge Goulart e Nora Ney e os da noiva, cuja família estava em São Paulo, foram os sogros, Américo Rodrigues Manga e Isabel Aranha Manga. Quase houve um atraso porque o noivo esqueceu de comprar a sua aliança. A da noiva estava garantida, pois ela conservava a aliança de noivado.

Quanto ao filme Colégio de Brotos, Luiz Severiano Ribeiro Júnior só encontrou motivos para adorar, até porque bateria o recorde de bilheterias de toda a história da Atlântida. Assistiram ao filme, na primeira semana de exibição, 250 mil pessoas. Para se ter ideia do que isso significa, é bom lembrar que, na época, o Brasil ainda não havia chegado aos 50 milhões de habitantes. Ainda assim, quando nossa população aproximava-se dos cem milhões, na passagem das décadas de 1960 para 1970, o público brasileiro do filme norte-americano recordista de público, *O Exorcista*, de William Friedkin, atingiu a marca de 220 mil na primeira semana.

José Sanz, jornalista especializado em cinema e jazz, escrevia na época no O Globo, onde publicou uma crítica em que não derramou elogios, mas viu algum progresso:

"Nota-se nesta produção nacional um marcado progresso material sobre os outros filmes da mesma empresa, que se caracterizavam pelo mais absoluto desprezo das mais comezinhas regras de como se obter uma fotografia apenas normal ou como concatenar as sequências de um filme, de maneira a dar-lhe ordem pelo menos cronológica. Nota-se neste *Colégio de Brotos* que o diretor Carlos Manga, depois de ser durante tantos anos repetente do jardim da infância da arte cinematográfica, conseguiu subir um degrau no seu laborioso aprendizado. De fato, nesta película, o jovem funcionário da Atlântida não deixa dúvida de que passou para o primeiro ano primário, embora aparentemente não haja nada que distinga este filme dos demais em que Oscarito é a figura dominadora e quase absoluta da história.

São pequenos detalhes que revelam certa rebeldia diante da norma estabelecida pela produtora, que é, à custa da comicidade de Oscarito, obter o máximo de renda com um mínimo de despesas.

Vários são os indícios nesse sentido. Por exemplo: há uma história que, embora sem nada de original, tem princípio, meio e fim e, o que é mais curioso, desenrola-se logicamente, revelando certo cuidado na confecção do script, fato inteiramente novo nos arraiais da Atlântida. Além disso, a

apresentará:
Colégio de brotos
com Oscarito
CYL FARNEY - INALDA
FRANCISCO CARLOS MYRIAN TEREZA
MARGOT LOURO RENATO RESTIER
AVANY MAURA AFONSO STUART
BADARO'
Direção: CARLOS MANGA

referida história não foi escrita em função da presença de Oscarito ou de Cyll Farney. O primeiro pela personalidade estereotipada e o segundo pela falta de uma escola de representar.

Por outro lado, a falta de conhecimento de Carlos Manga, no terreno da representação, impede-o de extrair de alguns elementos melhor qualidade de trabalho. Queremos, principalmente, nos referir a Inalda, atriz sensível e de enormes qualidades, pouco solicitada e bastante solta no papel de aluna que acredita nos astros, na velha macumbeira etc., personagem estranhamente surrealista dentro da história e cujas possibilidades não foram devidamente compreendidas pelo diretor. O mesmo podemos dizer de Badaró, ator que poderá ser mais bem aproveitado e que bem merece. Miriam Teresa é graciosa e natural. Renato Restier, caracterizado como vilão de filme em série de 1920, é um bom ator. Gostaríamos de citar dois nomes de dois jovens coadjuvantes bastante bons, que são o valentão e a gorda comilona. São eles de boa argila. Os outros, Francisco Carlos, Margot Louro, Afonso Stuart etc., apenas repetem o que já vimos dezenas de vezes.

Apesar das restrições, *Colégio de Brotos* é um filme que pode ser visto sem impaciência, mesmo pelo mais ferrenho inimigo do cinema nacional."

Eram espinafrações da crítica de um lado e, do outro, muito trabalho pela frente, pois, mal foi lançado *Vamos com calma*, havia o compromisso de filmar mais uma peça com Oscarito, *Papai Fanfarrão*, de Mário Lago e José Wanderley, exibida no Teatro Glória, no Rio de Janeiro, cujo elenco era também formado por velhos conhecidos da Atlântida: além de Oscarito, Cyll Farney, Margot Louro, Sara Nobre e Miriam Teresa.

Para Carlos Manga, era uma missão tão simples e tão rápida que ele nunca deu grande importância a ela, tanto que, t oda vez em que foi convocado para falar dos seus filmes, esquecia das peças teatrais com Oscarito, apesar de todo carinho e admiração que sentia pelo ator.

Foram três filmes em 1956. "Trabalhava de segunda a segunda", lembrou Manga. Além da Atlântida, era preciso também atender aos interesses do cinema brasileiro, pois o prefeito do Rio de Janeiro, Negrão de Lima, decidiu nomeá-lo para integrar uma comissão encarregada de definir os problemas do cinema no então Distrito Federal e encontrar a solução, já que, como definia o decreto do prefeito, "a exemplo do que ocorre em outras grandes cidades, as indústrias de cinema não podem sobreviver sem o auxílio, direto ou indireto, dos poderes públicos". O decreto acentuava também que "a indústria cinematográfica do Distrito Federal merece apoio oficial, pela sua importância histórica, educativa e econômica". Faziam parte da comissão, ao lado de Manga, representantes dos produtores, jornalistas, críticos de cinema e o ator Anselmo Duarte.

ATLÂNTIDA
2 feira
Garotas e Samba
CESAR DE ALENCAR
EMILINHA BORBA
ISAURINHA GARCIA
JORGE GOULART
JOEL ALMEIDA
NORA NEY · RUY REY
VENILTON SANTOS
UM GRANDE ELENCO NA MAIOR COMEDIA CARNAVALESCA DE 1957!
5ª FEIRA

SÔNIA
MAMEDE

NO
GAROTAS
e SAMBA
DIREÇÃO DE
CARLOS
MANGA
PROGR. LIVRE
ART PALACIO
OPERA
TRIANON
MAJESTIC
PAULISTA
LIBERDADE
NACIONAL
PIRATININGA
BRASIL
Este filme não será exibido em cinemas alheios ao "Circuito Serrador", durante 100 dias.
4.ª FEIRA
Sta. CECILIA
BRAS
S. PEDRO

O Clube da Chave permanecia como uma espécie de segundo lar para Carlos Manga, já que era o local preferido para o jantar. Às vezes, Inalda o acompanhava, mas, na maioria das vezes, chegava sozinho, razão pela qual o Clube da Chave também funcionava como um local para levar conquistas clandestinas ou para fazer novas conquistas amorosas. E servia também para reações furiosas, como aquela no dia em que Antônio Carlos Jobim sentou-se no piano e tocou algumas das músicas da *Sinfonia do Rio de Janeiro*, que havia acabado de gravar.

— Isso é maravilhoso! – gritou Ary Barroso, um admirador declarado de Tom Jobim, que fez questão de esclarecer que a música não era apenas dele.

— É do Billy Blanco, meu parceiro, também.

Ary Barroso, que provavelmente já havia
ingerido boas doses de uísque, não fez por menos:

— Que nada! Deve ser parceria comprada.

Carlos Manga teve de ser contido para não esbofetear o grande compositor Ary Barroso, que só não conseguiu escapar dos xingamentos. É que Ary, além de cometer uma grave injustiça, foi acusar logo quem de comprar parcerias: Billy Blanco, compositor que, além de talentoso, era amigo e cunhado de Manga, pois era casado com Ruth, sua irmã de criação.

Outra vez, viveu uma cena de comédia pastelão, quando, em meio a beijos e abraços com uma namorada chamada Marlene, fora avisado de que Inalda estava chegando. "Entrei rapidamente pela cozinha do restaurante, pulei a janela e caí em cima de um monte de bosta", recordou ele.

Mas nem sempre Inalda aparecia de surpresa no Clube da Chave. Houve uma noite em que ele chegou muito tarde para jantar e encontrou a casa quase vazia. Havia uma mesa apenas com um grupo de pessoas ouvindo uma moça que cantava, acompanhando-se ao violão. Apesar da fome (não havia almoçado), interessou-se muito pela moça e resolveu ouvi-la mais de perto. Coube a ela saudá-lo:

— Carlos Manga me ouvindo cantar! Gosta?

— Quero ouvi-la até amanhã – respondeu.

Era Maysa, no início da carreira, muito bonita, com um penteado que, segundo ele, lembrava o de Ingrid Bergman no filme Por quem os sinos dobram. Ao se despedirem, Maysa disse que estava no Copacabana Palace, hospedada com a avó. Disse para ele o número do apartamento do hotel e combinou que, no dia seguinte, iria deixar uma toalha vermelha na janela toda vez que a avó estivesse no apartamento. Se não tivesse toalha nenhuma, ela estaria sozinha. Manga passou várias vezes pelo hotel, viu a janela com e sem toalha, mas não subiu. "Namorei Maysa de longe", observou, embora achando que, ainda assim, alguma coisa ficou no coração dela. É verdade que os dois se cruzaram – ela com muitos quilos a mais – na porta do elevador da TV Paulista e não se falaram. Mas, na passagem de 1957 para 1958, Maysa entregou à cantora Nora Ney, amiga de Carlos Manga, um disco de 78 rotações, recomendando que ele ouvisse o samba-canção Tarde triste, composto por ela. Manga ouviu Maysa cantando:

Tarde triste
Noite vem, já está chegando
E eu sozinha, sofrendo,
Por onde andará alguém?
Será que pensa em mim?

Havia o Clube da Chave, mas havia também a Atlântida a exigir um trabalho atrás do outro. O filme a ser feito já tinha argumento e roteiro de Cajado Filho, orçamento liberado pela Atlântida e o título de Garotas e Samba. Mas houve um grave problema, a ausência de Oscarito, afastado do estúdio por problemas de doença. Além disso, nem Nancy Wanderley nem Consuelo Leandro estavam livres para o papel de Zizi, personagem interiorana que, como Nini (Adelaide Chiozzo), queria fazer carreira artística no Rio de Janeiro, onde conheceu Naná (Renata Fronzi).

Nini, Zizi e Naná
Estão andando por aí
Pra se arrumar
Nini quer ser cantora
Zizi quer ser vedete
E Naná vai da valsa
E pinta o sete

Essa era a letra do tema musical do filme, interpretada no filme por um coro formado por Adelaide Chiozzo, Francisco Carlos, Sônia Mamede, Ivon Cury, Renata Fronzi e Pituca. Os nomes das três personagens foram extraídos dos apelidos das irmãs de Carlos Manga: Nini (Diná), Zizi (Zilda) e Naná (Odila), uma fraternal homenagem, como se vê. E o nome do personagem de Zé Trindade era Américo, xará, portanto, do pai do diretor. O filme que, segundo Sérgio Augusto, é um carbono de *Como agarrar um milionário (How to marry a milionaire)*, de Jean Negulesco, tinha em seu elenco a bela paulista Teresinha Morango, Miss Cinelândia de 1956, que seria Miss Amazonas e Miss Brasil em 1957, chegando em segundo lugar no concurso para a escolha da Miss Universo. Foi o último filme de outra bela mulher, Adelaide Chiozzo, que, durante sua carreira, teve de enfrentar o ciúme do seu marido, o violonista Carlos Matos, que não permitia que suas personagens beijassem outro homem. No filme, houve uma ameaça de beijo dela em Francisco Carlos, mas Carlos Manga cortou a cena quando as bocas se aproximavam. Foi o bastante para Carlos Matos quase abrir um inquérito para saber se houve beijo ou não, tantas perguntas fez ao elenco. Adelaide contou que o ciúme não se limitava aos filmes, mas ia até o interior do seu próprio carro, quando ele suspeitava que ela olhara para o motorista ao lado.

— Você olhou!

— Não olhei! - era o diálogo mais constante em qualquer saída de carro. O fato é que o casamento durou 57 anos, acabando somente com a morte dele.

Outro momento do filme inesquecível para ela foi aquele em que ela tinha de chorar, mas não conseguia chorar. Como o diretor Carlos Manga achava fundamental que ela chorasse, apelou para uma solução extrema:

— Imagina sua mãe morta, no caixão, com quatro velas acesas.

A pobre da Adelaide Chiozzo caiu numa choradeira danada e enfrentou uma forte dificuldade para continuar a filmar, pois não parava de chorar.

A crítica, como sempre, não gostou do filme, mas Carlos Manga ficou muito feliz com o trabalho de Zé Trindade. Em seu livro *Este mundo é um pandeiro*, Sérgio Augusto deu destaque à cena em que Suzy Kirby, que fazia o papel de Jocelina, a mulher do personagem de Zé Trindade, perguntou a ele se conhecia alguma Naná (Renata Fronzi):

— Naná?... Naná?... Naná?... Ah, Naná é aquela macaca que o Cunha trouxe do Norte - inventou ele, morrendo de medo.

Jocelina cobrou autoritariamente:

— Pois fique sabendo que a Naná telefonou hoje para você e falou em francês.

E Zé Trindade reagiu, com aquele jeito que o consagrou como um dos melhores cômicos da história do rádio e da televisão:

— Macaca inteligente!

Em outra cena, o personagem de Zé Trindade pede para ser chamado de "Vatapá". "Sou baiano e gostoso", justificava. Manga vibrou muito também com o lançamento no cinema de uma grande estrela, Sônia Mamede, descoberta por acaso, numa noite em que ele foi ao Teatro Recreio para conhecer o trabalho do cômico Vagareza, de quem ouvira boas referências, aliás, confirmadas durante o espetáculo. Mas o que impressionou mesmo o diretor foram as coxas de uma vedete, que descia as escadas com charme e beleza, e o humor de uma velhinha engraçadíssima, que o fez dar muitas gargalhadas. Quando Manga conversava com Vagareza, após o espetáculo, perguntou quem eram aquelas duas atrizes. A resposta foi surpreendente:

— É a mesma, chama-se Sônia Mamede.

Mal Vagareza acabara de falar, Sônia passou por eles e Manga a abordou, convidando-a imediatamente para filmar com ele.

— Você não é o Manga? Claro que quero! – respondeu Sônia.

Dali em diante o cinema e, mais tarde, a televisão trataram de dar muito trabalho para ela. Certa vez, Luiz Severiano Ribeiro pegou uma foto em que Carlos Manga aparecia dirigindo Sônia Mamede, segurando a mão dela.

— Você está namorando essa moça? – perguntou Severiano Ribeiro, com ar de reprovação.

— Não é nada disso, Ribeiro, estou apenas colocando a moça na luz – respondeu.

Sônia Mamede permaneceu na luz até 1990, quando morreu, vítima de câncer.

Depois de *Garotas e Samba*, Luiz Severiano Ribeiro Júnior convocou Carlos Manga para encarregá-lo de fazer o quinquagésimo filme da Atlântida. Teria de ser, portanto, um filme especial, tão bom ou melhor do que *Absolutamente Certo*, o filme da produtora paulista Cinedistri que marcou a estreia de Anselmo Duarte como diretor e que foi muito bem recebido. Cajado Filho, imediatamente convocado para fazer o roteiro, decidiu promover também uma espécie de estreia de Carlos Manga como diretor de um filme bem menos comprometido com a chanchada. Manga, aliás, sempre achou que *De vento em popa* (foi o título escolhido para o filme) não tinha nada a ver com a chanchada, apesar da cena em que Oscarito se passa por um certo cantor chamado Melvis Presley e interpreta alucinadamente *Calypso Rock'n'Roll*. É verdade que Carlos Manga deu tal seriedade à cena que teve o cuidado de contratar Carlos Imperial para ensinar Oscarito a dançar rock. Ninguém mais indicado, pois, na época, Imperial sobrevivia percorrendo os clubes do Rio de Janeiro para apresentar shows em que dançava o rock'n'roll. Tratava-se de uma comédia, na definição de Manga, bem diferente, portanto, de chanchada.

A sinopse de *De vento em popa* informava que o filme começava num transatlântico, em que um tripulante clandestino, Chico (Oscarito), e sua parceira, Mara (Sônia Mamede), queriam participar de um show a bordo promovido por Sérgio (Cyll Farney), que voltava dos Estados Unidos, onde estudara Física Nuclear por determinação do pai, mas que gostava mais de

atlantida apresenta
U.C.B.
Cyll
FARNEY
Sonia
MAMED
E' A MAIOR!
• WALTER D'AVILA
• PITUCA
• NADIA MARIA
• GRIJÓ SOBRINHO
• ARMANDO NASCIMENTO
• SUZY KIRBY
• CELESTE AIDA
• MARGARIDA RAMOS
• MURILO NERY
DIREÇÃO DE CARLOS MANGA
BREVE NOS CINEMAS DE LUIZ SEVERIANO RIBEIRO

tocar bateria. Depois, Sérgio convence Chico a se passar por um famoso professor de Física Nuclear e Mara, por sua assistente.

O filme também chamou a atenção pela presença da excelente cantora Dóris Monteiro, que parecia explodir, na época, para uma vitoriosa carreira como atriz de cinema. Descoberta como atriz pelo crítico Alex Viany, foi convocada por ele para ser a estrela do seu filme *Agulha no palheiro*, o que lhe valeu o prêmio de melhor atriz de 1953. Apesar do êxito, Dóris atuou muito pouco no cinema, porque os filmes davam muito trabalho, exigiam muito tempo e pagavam bem menos do que ela ganhava como cantora. Em *De vento em popa*, ela é Lucy, que acaba namorando Cyll Farney.

Dessa vez, os críticos foram bem mais tolerantes com Carlos Manga, a começar por um dos mais ferozes, Ely Azeredo, que então escrevia na *Tribuna da Imprensa:* "Carlos Manga provou que sabe contar uma história, ainda que ruim, como a engendrada por Cajado Filho. (...) A narrativa visual de Carlos Manga é a mais convencional possível. E piora quando recorre a ângulos rebuscados, em contraste com a pasmaceira dos episódios a narrar. Não se pode negar uma fluência. As cenas não colidem. Há até, às vezes, uma elementar noção de tempo. Mas quando isso acontece? Em cenas já vistas em uma centena de filmes estrangeiros, como a toalete noturna de Zezé Macedo e Oscarito, ambos ignorantes da presença de uma terceira pessoa na alcova".

Otávio Bonfim, em O Globo, foi bem mais generoso, a começar pela ilustração do clássico bonequinho (cuja posição resume o que o crítico acha dos filmes) sentado, mas aplaudindo. Escreveu Otávio: "Ora viva! Essa comédia musical avulta, em meio à mediocridade e ao mau gosto de tantas realizações anteriores, como um filme a que se assiste com real satisfação e interesse. (...) *De vento em popa* revela evolução cinematográfica. Vale dizer, os recursos da linguagem e da técnica do cinema estão visíveis nessa produção bem cuidada. Aqui, pode-se falar em iluminação, enquadramento, em transposição, em planos etc., que permitem uma agradável fluência da narrativa. Isso talvez não interesse ao público, mas tem muito significado para nós. Por tudo isso, pela boa apresentação formal da fita e o bom relacionamento do elenco, a direção de Carlos Manga merece louvores".

Alex Viany, no *Shopping News* do Rio de Janeiro (era um jornal distribuído no Rio e em São Paulo, que vivia apenas de anúncio), detestou apenas o roteiro, classificado por ele como "uma colcha de retalhos de velhas situações críticas", mas elogiou Carlos Manga por ter dado "ritmo e interesse à narrativa, que poderia ser insuportável na mão de um diretor menos hábil".

Já Décio Vieira Otoni, do *Diário Carioca*, escreveu que *De vento em popa* "é o melhor dos piores filmes do diretor Carlos Manga, sendo que os piores são todos os outros". Adiante, ele perguntou se Manga melhorou e respondeu que melhorou um pouco, mas não o suficiente, acrescentando, porém, que é "a sua fita mais limpa, de melhor desenvolvimento episódico e, tecnicamente, a mais perfeita, mas isso são obrigações de um produto industrial para ser apresentado ao público".

Os elogios também vieram de São Paulo, onde Antônio Bittar, do Correio Paulistano, afirmou que Carlos Manga "soube manejar com segurança todos os elementos, conseguindo criar, dentro do espírito de equipe, a melhor comédia musical a que tivemos oportunidade de assistir no cinema. Daí, a razão pela qual não titubeamos em conceder a *De vento em popa* a melhor cotação possível".

Sérgio Augusto assinalou, no livro *Este mundo é um pandeiro*, que a cena em que Dóris Monteiro canta Dó Ré Mi, como que dedicando a mensagem da letra a Cyll Farney, que a acompanhava no piano, "é de uma delicadeza e de uma eficácia romântica raras no cinema brasileiro de qualquer época".

Talvez nem Carlos Manga esperasse colher tantos depoimentos favoráveis dos críticos de cinema. São depoimentos feitos, inclusive, no século XXI, como o do crítico Ruy Gardnier. Depois de acentuar que o filme propõe um embate entre a cultura clássica, afetadamente europeia, e a cultura popular, chama atenção para outro aspecto: "O riso de *De vento em popa* consegue um engajamento estético que jamais um filme do cinema novo – à exceção de Glauber Rocha e Nelson Pereira dos Santos – conseguiu: a adequação perfeita com seu público e a confirmação de que nós podíamos fruir verdadeiramente nossa cultura, porque nós a criamos, e ela é bela. *De vento em popa* também é belo".

A estreia nacional do filme ocorreu durante o I Festival Cinematográfico de Curitiba, que, aliás, apresentou-se com uma expressiva delegação do Rio de Janeiro, da qual Carlos Manga era um dos integrantes, além de Eliana, Cyll Farney, Dóris Monteiro, Iris Del Mar, Renato Murce, Renata Fronzi, Sônia Mamede, Anilza Leone, Francisco Carlos, Grande Otelo, Jorge Ileli e Nelson Batista, diretor do Departamento de Turismo e Certames da prefeitura carioca. Todos voaram num valente DC 3 e foram recebidos em Curitiba pelo prefeito da cidade, futuro governador do Paraná e ministro da Educação, Ney Braga. Oscarito, que fazia parte da delegação, desistiu em cima da hora. Foram apresentados dois filmes representando o cinema carioca: *De vento em popa* e *Rio, Zona Norte*, de Nelson Pereira dos Santos. Durante o festival, o Sindicato Nacional dos Produtores Cinematográficos aprovou um voto de louvor "para o competente cineasta Carlos Manga".

Na segunda quinzena de novembro de 1957, foi a vez do V Festival Cinematográfico do Distrito Federal, cuja comissão julgadora – constituída pelos escritores Raimundo Magalhães Júnior, Joracy Camargo, Miécio Tati, Bandeira Duarte, Oto Maria Carpeaux e Raimundo Furtado, além do pintor Abelardo Zaluar e dos jornalistas Arnaldo Nogueira e Joaquim Menezes – emitiu uma nota em que lamentou "a pobreza revelada, de um modo geral, pelos argumentos das películas de longa-metragem submetidas à sua apreciação, sem originalidade, sem plausibilidade e com diálogos de um deplorável primarismo, além do abuso de números radiofônicos, de gírias e de paródias do linguajar nordestino". Mas abriu uma exceção: "Entretanto, para nós, o melhor diretor cinematográfico do corrente ano, inegavelmente, é o jovem cineasta Carlos Manga, pela maneira inteligente com que dirigiu o magnífico celuloide *De vento em popa*, uma produção (inédita) da Atlântida, vencedora por unanimidade do referido certame. Bastariam as cenas amorosas vividas pela graciosa Dóris Monteiro e Cyll Farney, sem contar a cena final de Oscarito, para ratificar o título de melhor diretor cinematográfico carioca". De vento em popa ganhou o prêmio de melhor produção nacional e *Rio, Zona Norte* de melhor argumento.

A U. C.

"DE

prod. da Atlântid
para filmes naci
suas exibições e
Melhor Filme do
12 milhões de cr

Elenco: OSCAR

Colossal lançam

presentará em 1.a exibição no interior do Estado,

OSCARITO em

VENTO EM PÔPA"

maior sucésso de bilheteria de tôdos os tempos! — Recorde de renda
extrangeiros! — Classificado em 1.o lugar na Bolsa de Cinema durante
aulo! — 2 Vêzes Premiado no V Festival de Cinema do Distrito Federal!
Melhor Direção! — O único filme que conseguiu arrecadar mais de
sòmente no Rio de Janeiro! — Não deixe de ver a maior de tôdas as
produções já saídas dos Estúdios Brasileiros

YLL FARNEY — SONIA MAMEDE (de Garótas e Samba) — DORIS
MONTEIRO — ZÉZÉ MACEDO e muitos outros!

CINE VARIEDADES, a partir do Dia 26 de Abril de 1958 (Sábado)
em duas Grandiosas Sessões!

CARACÚ é Beber Saúde!

ADEUS,
CHANCHADAS

SEMANAL
1 — 3 — 58

radiolândia

CR$ 8

RIO
os melhores da Semana

MELHOR ATRIZ CÔMICA

NÁDIA MARIA, em sua espetacular "rentrée" na "Boite do Ali-Babá".

MELHOR ANIMADOR

HILTON GOMES, conduzindo com sobriedade e simpatia o "Vôo 21".

MELHOR PRODUTOR

CARLOS MANGA, fazendo televisão de fato, com o seu programa de carnaval animado por César de Alencar.

MELHOR APRESENTADOR

CÉSAR DE ALENCAR, no mesmo

BOLSA DE VALORES DA TV

COTAÇÃO **8**

Era a "rentrée" de Nádia Maria, a deliciosa Marilinha "sophisticated-girl" da boite do Ali-Babá. E por isso, todo o espetáculo girava em tôrno dela. E Marilinha justificou sobejamente as honras que lhe foram conferidas. Imitou Gladys, imitou Maysa, imitou Lana Bittencourt no "Little Darling". Muito bem ensaiados os seus números, diga-se de passagem, e muito bem apoiada pelo trio-cantor de comediantes. Merece um registro especial, também, o tipo criado por Hamilton Ferreira, o do Homem-tango. Engraçadíssimo. O resto, num nível aceitável. Algumas "gags" nem sempre muito felizes. O final, por exemplo. Boa direção de TV, funcionando com precisão nos cortes e imprimindo bom ritmo ao programa, que valeu, sobretudo, pela brilhante atuação de Nádia Maria.

PROGRAMA: "ALI-BABÁ E OS 40 GARÇONS"
DIA: 7-2
HORA: 21,45
EMISSORA: TV-TUPI

PROGRAMA: "VESPERAL TROL"
DIA: 9-2
HORA: 14,00
EMISSORA: TV-TUPI

Caiu bastante de nível êsse bom teatro infantil, com a última apresentação, "Os Três Amigos", peça de Ligia Nunes. Talvez por exigência do carnaval (exigência quase sempre perniciosa), Fábio Sabag montou uma peça com motivo carnavalesco. Mas o texto era, positivamente, débil. Nêle não encontrou o esforçado e consciencioso produtor qualquer ponto de apoio. Daí o baixo nível do espetáculo, que oscilou entre representação de grupo escolar e fita em série. A história do Pierrot, do Arlequim e da Colombina que vão a um baile e ganham um concurso de fantasias não tinha a menor consistência, nem mesmo como fantasia. Além disso, a representação deixou muito a desejar. Bons os cenários de Miguel Roela.

COTAÇÃO **4**

COTAÇÃO **3**

Programa de carnaval, mais parecendo um ensaio (e mau ensaio) do que um programa. Tudo feito à base do improviso, da irresponsabilidade. Meia dúzia de "girls" subnutridas e dois ou três "boys" serelepes lançados à frente das câmaras, saltando ao compasso das desanimadoras músicas de carnaval dêste ano. E no meio disso, um cantor atirado às feras. E salve-se quem puder. E vimos as irmãs Batista, Risadinha (com voz de quarta-feira de cinzas), Orlando Silva, Orlando Correia em demonstrações sucessivas de como não se deve apresentar um cantor em televisão. O menos pior de tudo foi um frevo que, não sabemos por quê, foi cortado no meio, bruscamente. No final, surgiram a "Rainha das Vedetas" e algumas "princesas" de sua côrte (uma delas com cara de poucos amigos, parecendo não ter ficado muito satisfeita com o seu título...). E a "Rainha" (Angelita Martinez) cantou. E nós,

PROGRAMA: "CARNAVAL 58"
DIA: 9-2
HORA: 21,30
EMISSORA: TV-TUPI

Se Carlos Manga já trabalhava muito, passou a trabalhar dobrado a partir do início de 1958, graças a um convite, aceito imediatamente, feito pela TV Rio, para dirigir programas da emissora. Quem se lembrou do seu nome como diretor de programas de televisão foi Chico Anysio, colaborador dele na elaboração dos roteiros de alguns dos seus filmes.

Manga, inicialmente, não se entusiasmou muito com a ideia, por não conhecer nada de televisão. "Nunca fiz isso", disse ele. "Então faça, que você vai brilhar", disse-lhe Chico.

Foi Chico Anysio, por sinal, que o recebeu, na sede da TV Rio, instalada no mesmo prédio (Avenida Atlântica, 4264) em que, no tempo em que o jogo era permitido, funcionou o Cassino Atlântico e onde ele assistira à filmagem de algumas cenas de Somos dois, de Milton Rodrigues, em 1948. A TV Rio, fundada em julho de 1955, vivia um momento muito especial, pois ameaçava ultrapassar a audiência da TV Tupi, a poderosa emissora de Assis Chateaubriand, que contava com a cobertura das dezenas de jornais dos "Diários Associados" de todo o Brasil, das também dezenas de emissoras de rádio e da TV Tupi de São Paulo, com a qual estabeleceu um acordo em que uma transmitia os principais programas da outra.

Apresentado por Chico Anysio ao diretor artístico da TV Rio, Péricles Amaral, soube que iria dirigir um programa de humor chamado "O riso é o limite", exibido aos sábados.

— Você tem alguma ideia para um programa de humor? – perguntou Péricles.

Carlos Manga disse que imaginava misturar música com humor, ideia mal recebida, pois, segundo Péricles do Amaral, "infelizmente, música não combina com humor". "Mas posso tentar?", perguntou. "Poder, pode, mas não vai dar certo".

— E quando será o meu primeiro programa? - perguntou Manga.

— No próximo sábado - foi a resposta.

"Foi a primeira aula que aprendi da televisão: tudo tem de ser feito para ontem", recordou.

Manga conversou com os redatores do programa, que cuidaram de compor uma música para ser cantada pelos artistas logo na abertura. O resultado da pesquisa do Ibope, naquela semana, revelou que valia a pena manter música em "O riso é o limite".

Outra coisa que Carlos Manga ignorava na televisão era que um programa era muito pouco para um funcionário bem pago ("Ganhava por sábado o que eu ganhava por mês no cinema"), tanto que foi chamado para dirigir também o programa carnavalesco, o que, por sinal, valeu-lhe ser apontado pela revista *Radiolândia* como o melhor produtor da última semana de fevereiro pelo programa de carnaval, que era apresentado por César de Alencar. Tal programa era patrocinado pela Philco, marca de produtos elétricos, que inspirou um dos trocadilhos mais infames da história da publicidade brasileira: "Como é para o bem de todos, diga ao povo que eu Philco".

Marcante para Carlos Manga em 1958, além da sua estreia em televisão, foi ter visto *Cidadão Kane*, de Orson Welles, durante uma retrospectiva do cinema americano, organizada pela Cinemateca do Museu de Arte Moderna do Rio de Janeiro. O filme, visto por Manga atendendo a uma sugestão de Alex Viany, provocou tal impacto que ele pensou até em abandonar o cinema. "Deixei o MAM pensando em abrir uma farmácia e viver da venda de remédio, pois, se cinema era aquilo do Orson Welles, jamais eu chegaria lá", confessou.

Mas nem Orson Welles nem a televisão o tirariam tão cedo do cinema, pois os compromissos com a Atlântida ainda estavam de pé. Até 1962, quando, enfim, decidiu dedicar-se exclusivamente à televisão (o dinheiro aumentou e o programa "Chico Anysio Show" exigia muito tempo e muito trabalho), ele dirigiria nada menos do que onze filmes. É verdade que nem todos esses filmes deixaram uma lembrança capaz de fazê-lo orgulhar-se pela obra. A começar pelo primeiro de 1958, *É a maior*, que aproveitava a famosa rivalidade Emilinha Borba x Marlene (o general e senador da República, Caiado de Castro, dizia que a própria sociedade brasileira era dividida entre marlenistas e emilinistas). O título *É a maior* reproduzia o que gritavam os integrantes dos fãs clubes de Emilinha e Marlene. O roteiro e a cenografia do filme ficaram por conta de Cajado Filho, mas quem cuidou do argumento foi a dupla de radialistas César Ladeira e Haroldo Barbosa. A rivalidade, no filme, foi vivida pelas cantoras Rosa Flor (Sônia Mamede) e Déa Cristal (Nádia Maria). Também atuavam, entre outros, Suzy Kirby (diretora do fã-clube de Rosa Flor), Celeste Aída (diretora do fã-clube de Déa Cristal), Cyll Farney, Walter Dávila e Murilo Nery, este um personagem não muito bem lembrado por Carlos Manga por ter contribuído, durante a ditadura militar, para a sua demissão da TV Excelsior, sob a acusação de ser comunista.

De qualquer maneira, *É a maior* mereceu comentários elogiosos de Adolfo Cruz, do jornal *A Notícia*, para quem "os filmes de Carlos Manga são sempre virtuosos, com o elevado sentido de divertir sem malícia exagerada". Adolfo Cruz, que, mais tarde, ficaria conhecido pelo *slogan* repetido diariamente em seu programa sobre cinema na Rádio Nacional – "Fale mal, mas fale do cinema nacional" –, classificou o filme de "comédia que estampa com felicidade e admirável bom humor certas figuras popularíssimas do rádio. Desopila o fígado de tal forma que os efeitos benéficos são percebidos na face do espectador. A Atlântida continua sendo uma companhia que, embora bastante comercial, não descamba para os filmezinhos de segunda classe, feitos a toque de caixa, como um caça-níqueis" .

O outro filme de 1958, *Esse milhão é meu*, teria a sua estreia somente no ano seguinte e seria considerado um dos melhores da obra de Carlos Manga. O nunca demasiadamente citado Sérgio Augusto elegeu-o entre as melhores obras da segunda fase do diretor, ao lado de *Vamos com calma* e *O homem do Sputnik*. A história criada por Cajado Filho começa com o personagem Felismino sendo homenageado pelo seu chefe e presidente da Liga Pró-Assiduidade do Funcionário Público (Armando Nascimento) com o prêmio de um milhão de cruzeiros pela façanha de ter passado uma semana inteira sem faltar um dia sequer ao trabalho. Sendo um deboche com o funcionário público, a cena abre com os funcionários acordando o chefe, que dormia sentado em sua mesa de trabalho, para avisá-lo da chegada de Felismino. Aquele cheque, do Banco Nacional de Brasília (a nova capital seria inaugurada dois anos depois), geraria uma boa variedade de situações, que, apesar da mulher mal-humorada e da sogra que não o deixava em paz, acabariam envolvendo mulheres, bandidos e policiais, proporcionando a Oscarito um campo fértil para usar o seu genial talento na arte de fazer rir.

O amigo Cyll Farney descobriu a vocação de empresário, o que lhe valeria, até a sua morte, em 2003, uma série de atividades em que atuou à frente de variados negócios. A última delas foi a criação de um dos maiores e mais bem equipados estúdios de filmagem e gravações sonoras, o Tycoon, quase o tempo todo ocupado pela TV Globo, até a criação do Projac (abreviatura de Projeto Jacarepaguá). No cinema, a vocação de empresário teve início em 1959, quando assumiu a produção do filme *Aí vem a alegria*, dirigido por José Cajado Filho para a Atlântica. No mesmo ano, foi o produtor de dois filmes dirigidos por Carlos Manga, *Cupim*, mais uma peça teatral de Mário Lago e José Wanderley tendo Oscarito como ator principal, e *O palhaço o que é?*, que apresentava como atração principal a dupla de palhaços Fred e Carequinha, de muito sucesso na televisão, e que teve também como destaque a participação de Sônia Mamede num papel em que, fingindo-se menino, recebeu o apoio dos palhaços para trabalhar no circo. O grande êxito do produtor novato, porém, ocorreria com uma das mais bem-sucedidas obras de Carlos Manga, *O homem do Sputnik*, recordista de público do cinema brasileiro. Segundo Carlos Manga, 15 milhões de pessoas pagaram ingresso para ver o filme, num tempo em que a população brasileira mal chegava aos 60 milhões de habitantes. Ou seja: o filme teria sido visto por vinte e cinco por cento dos brasileiros.

REVISTA DO RÁDIO apresenta

OS MELHORES DO CINEMA"

observadores especializados
REVISTA DO RÁDIO, após
dos e debates, escolheram,
os Melhores do Cinema",
rtistas, técnicos e filmes,
o relacionados :

BRASILEIRO

nor Filme :
HOMEM DO SPUTNIK"
nor Ator :
FARNEY ("O Momem
Sptunik")
nor Atriz :
ANA MACEDO ("Maria
")
nor Diretor :
RLOS MANGA ("O Ho-
em do Sputnik")
nor Roteiro :
ADO FILHO (em vários
mes)
nor Fotografia :
RIA 38"
Menção Honrosa : "OR-
FEU DO CARNAVAL",
co-produção Brasil-Fran-
ça.

ESTRANGEIRO

O homem do Sputnik nasceu num passeio de carro pelo Rio de Janeiro, em que Manga e Cajado procuravam boas locações para os próximos filmes. Foi Cajado quem chamou a atenção dele para o alto de uma torre de igreja, onde havia uma bola com um galo em cima e as letras iniciais dos pontos cardeais.

— Tirando o galo e as letras, o que sobra fica igual a um Sputnik. Imagina um Sputnik caindo no Rio de Janeiro - alertou Cajado.

— E na casa do Oscarito - completou Carlos Manga.

O argumento e o roteiro ficaram com Cajado Filho, que contou, como sempre, com a assessoria do próprio Manga. O Sputnik caiu, de fato, no galinheiro da casa do modesto casal vendedor de ovos, Anastácio (Oscarito) e Cleci (Zezé Macedo). A notícia chegou ao jornal *Tribuna da Cidade*, teve grande repercussão e acabou atraindo o interesse das grandes potências, o que, segundo Sérgio Augusto, fez do filme o primeiro a abordar a Guerra Fria "do ponto de vista do Terceiro Mundo". Os agentes dos Estados Unidos, da União Soviética e da França usaram vários processos para convencer o pobre Anastácio a revelar onde escondera o Sputnik, inclusive uma tentativa de sedução executada pela "cantora francesa" Bebe (Norma Bengell), uma espécie de cópia de Brigitte Bardot, uma cena digna de antologia do cinema brasileiro. Portanto, em matéria de diplomacia internacional, eram todos vilões. Quem não gostou do tratamento dispensado aos Estados Unidos foi o norte-americano Harry Stone, que, durante cerca de quarenta anos representou a Motion Picture no Brasil. Carlos Manga atribuiu a ele a responsabilidade por ter perdido uma bolsa de estudos num curso de cinema nos Estados Unidos e pela decisão da censura policial de impedir, durante alguns dias, a exibição do filme. Os pretextos da censura, os mesmos de Mister Stone, foram as cenas em que Jô Soares aparecia como um enviado de Washington inteiramente sem escrúpulos, além das palavras USA e ABUSA impressas numa ilustração alegórica com a águia norte-americana e uma garrafa de Coca-Cola. Alvo da fúria de Manga, Harry Stone foi abordado por ele durante um evento em torno do cinema, realizado dias depois no Hotel Glória, com a pergunta: "É verdade que você é veado?". Segundo o jornal *Última Hora*, tal pergunta provocou "um mal-estar terrível".

A crítica limitou-se a fazer pequenas restrições, especialmente ao argumento de Cajado Filho. Alex Viany, que se tornara rival de Moniz Viana mais por razões políticas do que estéticas (Alex, esquerda; Moniz, direita), aproveitou o filme para alfinetar o adversário, ao elogiar o trabalho de Carlos Manga: "A direção de Carlos Manga, naturalmente, tira o máximo do que lhe foi entregue por Cajado. Apesar das gozações fáceis que certos críticos insistem em fazer em torno do seu nome (em geral, sem ver os filmes), o rapaz tem jeito. Permite, às vezes, que os atores se excedam, sem dúvida, mas possui noção de ritmo e movimento, sabe contar uma história, fazer render uma cena cômica", escreveu Alex Viany, no *Shopping News*.

Otávio Bonfim, em *O Globo*, abriu seu comentário de maneira simpática: "Não temos dúvida em recomendar esse filme nacional como um bom divertimento para quem quer passar horas agradáveis no cinema. Diremos mesmo que as gargalhadas são francas, à medida que se sucedem os acontecimentos da história construída sobre uma ideia original e inspirada". E poupou Carlos Manga nas suas restrições: "A falha grave de *O homem do Sputnik* não é responsabilidade da direção. Ela se origina no próprio argumento, que não soube aproveitar, inteligentemente, todos os incidentes proporcionados pela história. Também achamos que há defeitos técnicos na fotografia, prejudiciais à atmosfera da narrativa". Adiante, Otávio Bonfim lembrou que viu as filmagens de algumas cenas, realizadas em seu próprio local de trabalho: "Fomos testemunhas das cenas filmadas na redação e nas oficinas do O Globo e podemos atestar o cuidado com que Carlos Manga agiu na direção. Ao assistirmos ao filme, pudemos ver que Manga manteve um bom controle sobre a mecânica da realização cinematográfica, empregando bem, ainda que com falhas ocasionais, os recursos da linguagem do cinema".

Foi também em 1959 que a Atlântida lançou mais um filme de Carlos Manga, *Pintando o sete*, mais uma história – honra seja feita, como sempre, muito engraçada – criada por Cajado Filho, dessa vez com Oscarito fazendo o papel do palhaço Catito, que foge de uma cidadezinha do interior para não se casar com Filomena (Ema D'Ávila). Na cidade grande, Cláudio (Cyll

Farney) leva-o a se passar por Picansô, um pintor mundialmente famoso. Destaque também para o elenco de mulheres lindas, entre elas, Ilka Soares, Maria Petar e Zélia Hoffman.

Manga estreou como compositor em *Pintando o sete*, com o samba-canção *Meu amor me deixou* (dele e de Geraldo Serafim), cantado por Nora Ney:

Meu amor me deixou sozinha
Chorei, se chorei
Quando ele se foi
Mas o mundo dá volta
Que volta

Tudo na vida é assim
Todo amor é um instante
Encontrei perdido em outro alguém
Nunca se está sem ninguém

Esta música foi gravada por Nora Ney, em abril de 1959, na gravadora RCA.

Quando os anos 1960 chegaram, Carlos Manga já estava inteiramente seduzido pela televisão, mas era preciso respeitar os compromissos assumidos com a Atlântida. As críticas hostis contra os seus filmes indicavam que seria melhor transferir-se de vez para a televisão. Numa entrevista, na época, ao jornalista Silveira de Farias, afirmou que tinha consciência do seu trabalho e que seus filmes não pretendiam ser obras de arte. E desabafou: "As condições do meu trabalho são bem conhecidas. Mas, faço questão de dizer, sempre me dedico de corpo e alma na realização de qualquer filme. Não sou displicente. No mínimo, perco cinco, seis quilos durante uma filmagem. São dez, doze hortas de trabalho intenso, diário, comendo mal, dormindo mal, com os nervos tensos. Meus filmes são limpos, sei muito bem, e sei quanto custa. Não são todos que podem dizer isso, inclusive os que pretendem maior nível artístico em seus filmes. Não quero criticar meus colegas, isso é trabalho de vocês, mas conheço diretores que saem do estúdio às cinco da tarde, de cabelo penteado, impecavelmente vestidos, como se acabassem de sair de casa, e gastam metade do tempo que consumo para fazer uma fita. Mas quantos notam isso?".

Com tal disposição, entrou em 1960 com a palavra empenhada na Atlântida de que ainda não seria naquele ano que a televisão iria roubá-lo do cinema. Havia até idealizado um filme em que não seria obrigado a fazer o público rir, pois já desconfiava que a chanchada entrara em agonia. O seu filme contaria uma história de amor vivida por Cyll Farney e Odete Lara, uma bela paulista, filha de emigrante italiano, que, antes de se tornar atriz, foi modelo e garota propaganda da TV Tupi de São Paulo. Mas Luiz Severiano Ribeiro Júnior não abria mão das chanchadas e já tinha até uma ideia: um filme que explorasse a popularidade de Cacareco, o rinoceronte do Jardim Zoológico de São Paulo que, segundo a avaliação de especialistas, recebera mais de cem mil votos para vereador, nas eleições de 1959. Na verdade, o impressionante número de votos não passava de uma especulação, pois os votos atribuídos a ele (na época, o leitor escrevia o nome do seu candidato na cédula apropriada) eram imediatamente anulados. Ninguém os contou. Ribeiro Júnior tinha até o título do filme: *Cacareco vem aí*. Depois de muita conversa, sem que nem o patrão nem o empregado abrissem mão de suas convicções, a solução conciliadora foi fazer um filme com as ideias de um e do outro. Honra seja feita, Manga não usou a sua condição de diretor para prejudicar a parte da chanchada, o que, aliás, seria inviável, sabendo-se da presença da dupla Oscarito e Sônia Mamede no elenco e que fora convocado para elaborar o argumento ninguém mais do que Chico Anysio, que também participa como ator.

Duas histórias passou a ser o nome oficial do filme, que foi também responsável por uma aposta de Severiano Ribeiro Júnior com Manga, este dizendo que a "parte séria" faria mais sucesso do que a outra, defendida pelo patrão. O resultado da aposta não é mais lembrado, mas Carlos Manga continuou achando que nada do filme era superior à cena em que Odete Lara canta para Cyll Farney, cujo personagem saía da prisão, o samba-canção *Orgulho*, de Nelson Wederkind e Waldir Rocha:

Você passa por mim
E não olha
Como coisa que eu fosse ninguém.

O derradeiro esforço de Carlos Manga para oferecer ao público uma chanchada de boa qualidade é bem evidente no filme *Os dois ladrões*, uma espécie de versão carioca do Robin Hood, personagem que tanto impressionou o futuro diretor de cinema, no filme em que Errol Flynn defendeu o papel principal. Tal qual Robin Hood, os personagens de Cyll Farney e de Oscarito também roubam dos ricos para dar aos pobres. Mas a cena merecedora de entrar numa antologia das chanchadas é, sem dúvida, aquela em que Jonjoca (Oscarito), vestido, penteado e maquiado como a milionária Madame Gaby (Eva Todor), surpreendido por ela, finge ser a imagem dela refletida no espelho e repete os seus gestos com impressionante simultaneidade.

O prestígio cada vez maior na televisão, graças, sobretudo, à audiência conquistada pelos programas que dirigia, reduzia cada vez mais o entusiasmo de Carlos Manga pelos filmes da Atlântida. Além disso, as ideias que oferecia para que a produtora se livrasse da dependência das chanchadas, em franca decadência, não eram levadas em conta pelo patrão. Teve pelo menos três reuniões com os diretores da Atlântida, querendo convencê-los a fazer um filme baseado no romance *A madona de cedro*, de Antônio Callado, mas a ideia foi rejeitada. Por isso, a não ser a comédia *As Sete Evas*, produzida por Cyll Farney, um filme considerado por ele como "muito bonito", ficou na memória de Manga como um trabalho digno de recordação. Ao lado de Cyll Farney, atuaram no filme, entre outros, Odete Lara, Marly Bueno e Paulo Autran. Lançado em 1962, foi o último filme de Manga naquela passagem pela Atlântida (só voltaria ao trabalho na produtora em 1974, quando lançou *Assim era a Atlântida*).

Antes de *As Sete Evas*, lançou dois filmes (chanchadas) que foram esquecidos pelo diretor, embora um deles, *Quanto mais samba melhor*, mesmo

ATLÂNTIDA
apresenta
AGUARDEM
Oscarito
o inimitável
em
"OS 2 LADRÕES"
Cyll
FARNEY
e
EVA TODOR
JAYME COSTA
JAYME FILHO
EMA D'AVILA
IRMA ALVARES
SÉRGIO ROBERTO
LENITA CLEVER
fotografia
OZEN SERMET
direção
CARLOS MANGA
DISTRIBUIÇÃO
UCB

com críticas contundentes, tenha rendido manifestação de simpatia pelo trabalho dele. Décio Vieira Otoni, por exemplo, confessou no *Jornal do Brasil* que "durante onze anos de exercício da crítica, fui um crítico muito severo em relação a tudo que realizou o Sr. Carlos Manga. Hoje, sou bastante humilde para reconhecer que ele sabe contar uma história, assim como ela lhe chega às mãos. Já é uma grande vantagem para o cinema brasileiro, e os bons escritores que acaso existam no Brasil devem olhar com menos desprezo o trabalho dos nossos diretores".

Otávio Bonfim, do *O Globo*, escreveu que "Manga tornou-se um conhecedor dos segredos mecânicos da realização cinematográfica. Tecnicamente, esse filme é bem cuidado e bem executado. O seu pecado é ter-se acomodado à mediocridade estrutural da história, talvez por falta de apoio do produtor". No *Diário de Notícias*, Hugo Barcelos registrou que já era tempo de Manga "atirar-se a empreendimentos maiores". Justificou: "Com a consciência artesanal que adquiriu na prática mais ou menos longa de 'musicais' da Atlântida, é estranhável que insista nesse gênero modesto. Talvez duvide da sua própria capacidade. Nós não duvidamos diante do que temos visto".

Nenhum deles foi tão cruel com o filme *Quanto mais samba melhor* quanto o próprio Carlos Manga, em seu depoimento para este livro, em 2011: "Eu já estava interessado em sair. Estava cansado daquela vida, tanto que esse filme está apagado em mim. Mal me lembro dele. Tinha muita música. Música, música, música. Não guardo saudades desse filme". Para a outra chanchada, *Entre mulheres e espiões*, não fez por menos: "É um filme sem importância".

O fato é que a fase da Atlântida mereceu de Manga um sentimento permanente de gratidão, pelo que aprendeu em matéria de cinema, incluindo uma lição de comunicação, pelo paradoxo, como lembrou a atriz Eliana Macedo (a primeira "namoradinha do Brasil"), numa entrevista ao *Jornal do Brasil* em 1975: "Fazer cinema naquela época era uma pedreira. Considero os diretores daquele período verdadeiros gênios, trabalhando com material obsoleto, falta de recursos e o terrível som direto. Uma cena era feita só uma vez e tinha de sair certo, não podia haver erros, não se podia desperdiçar o filme virgem. Já imaginou fazer uma cena de amor aos berros? Se eu falava um pouco mais baixo, o homem do som berrava: 'Mais alto!'. Sabe o que é berrar 'eu te amo, meu amor, não posso viver longe de você'? Mas o público gostava. Jamais houve tanta comunicação".

MATAR OU CORRER

MATAR OU CORRER

MATAR OU CORRER

WINES
BEER
Porter
OLD

MATAR OU CORRER

O HOMEM
DE TV

UM MOMENTO DE TRABALHO, VENDO-SE, DA ESQUERDA: MARA, OSCARITO, VITOR LIMA, CARLOS MANGA, FADA SANTORO, LEWGOY, EDITH E CYLL FARNEY.

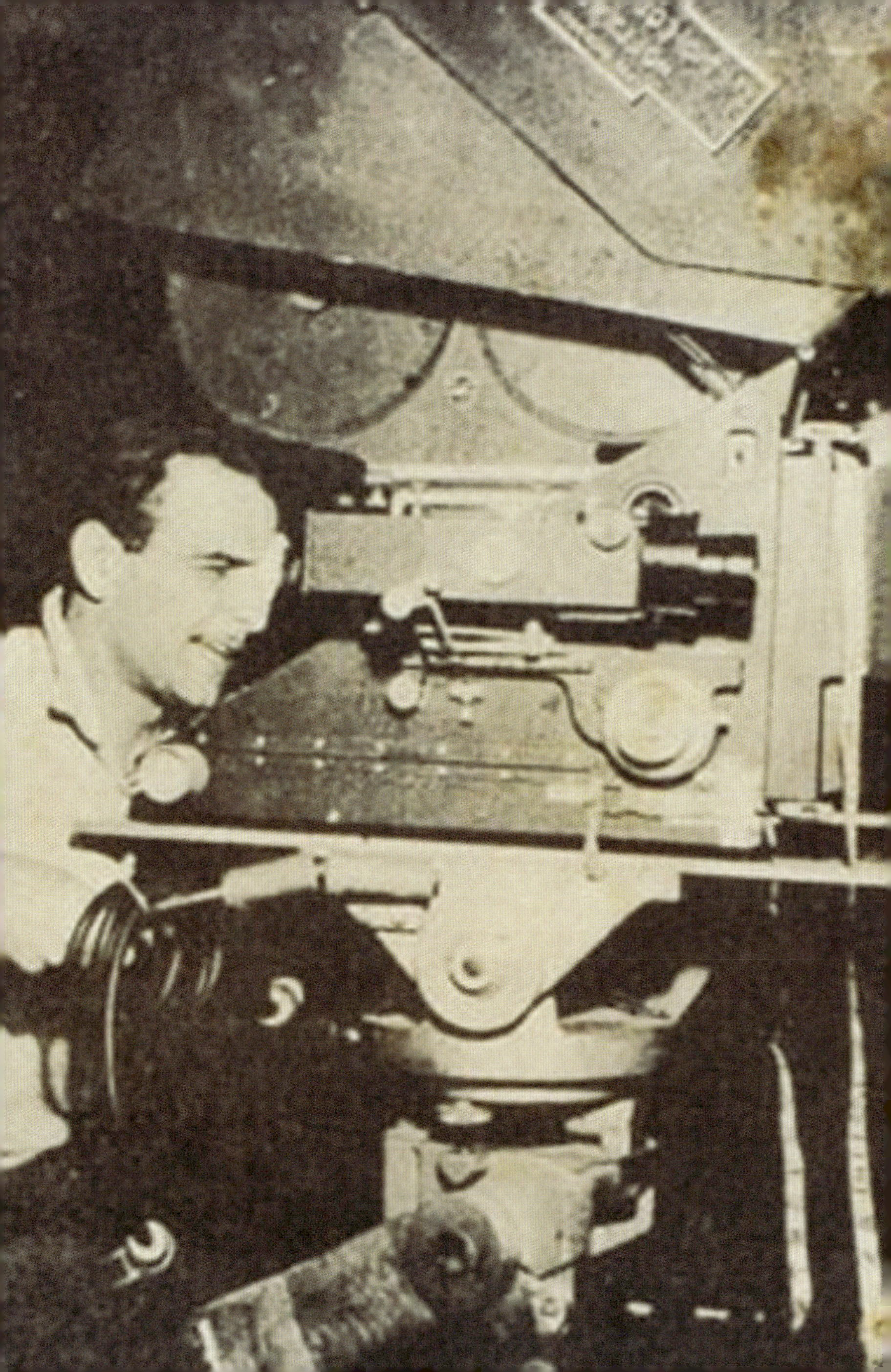

Carlos Manga foi convocado, em 1960, para dirigir, na TV Rio, um programa em que Chico Anysio apresentaria vários personagens já conhecidos pelos ouvintes da Rádio Mayrink Veiga e vários outros especialmente criados por ele. O novo programa receberia o nome de "Chico Anysio Show". Manga dirigira um programa humorístico, "O riso é o limite", cuja liderança no horário era atribuída pela própria direção da emissora ao comando dele, fato, aliás, reconhecido por um dos mais conhecidos jornalistas especializados em rádio e televisão, Borelli Filho, que, na *Revista do Radio*, comentou o programa, assinalando que "a movimentação dos personagens é das melhores, sem cortes abruptos, graças à inteligência de Carlos Manga, que poderia ensinar alguns diretores do Canal 13 [TV Rio]". E dirigiu também, com grande êxito, o programa "Noites Cariocas".

Em menos de um mês, "Chico Anysio Show" já liderava a audiência das noites de domingo. Afinal de contas, os telespectadores brasileiros nunca haviam visto nada parecido na televisão, um programa muito engraçado, em que apenas um artista representava vários papéis, com caras, trejeitos e vozes diferentes.

Esse programa foi o responsável por uma revolução na televisão brasileira, a partir do momento em que Manga colocou na telinha um personagem de Chico Anysio conversando com outro personagem de Chico Anysio, graças ao videoteipe, uma invenção de 1956 da empresa norte-americana Ampex Corporation, que acabara de chegar às emissoras de TV do Brasil. Até então, o videoteipe era utilizado apenas para gravar os programas, o que, aliás, serviu para as principais emissoras de São Paulo e do Rio de Janeiro quase acabarem com as produções locais das TVs dos demais estados. Os programas cariocas e paulistas, gravados em fita, eram vendidos a preço de banana para o Brasil inteiro.

Mas não foi fácil. Quando Manga falou em editar o programa, os técnicos da TV Rio disfarçaram o riso e comentaram que "isso aqui não se monta, não é cinema". Mas ele e Chico compraram um rolo de teipe (pagaram 150 mil cruzeiros por ele), mas não conseguiram autorização do diretor geral da TV Rio, João Batista do Amaral, para usar um estúdio durante a noite. A solução foi alugar o estúdio de um amigo para gravar cenas do programa, para, depois de editadas, serem "casadas" com o que já fora gravado. Foi uma noite inteira de trabalho, em que ele e o jovem técnico Marcelo Barbosa cortaram cada detalhe do teipe com gilete, como Carlos Manga já fazia no cinema, até conseguir colocar na telinha um diálogo entre personagens de Chico Anysio, com os dois aparecendo, um ao lado do outro. Manga e Marcelo vibraram tanto, que acabaram se abraçando e se beijando na boca. "Foi a primeira e a última vez", jurou Carlos Manga, reconhecendo que os dois se abraçaram "feito duas bichas românticas, dentro de uma salinha de videoteipe. Foi uma loucura". No domingo, êxito total do "Chico Anysio Show". "Foi uma carnificina contra a concorrência", contou Carlos Manga, "porque ninguém sabia fazer aquilo". A partir da segunda-feira, depois de uma disputa entre grandes anunciantes, todos querendo patrocinar o programa, a vitória coube ao Rum Bacardi. Bom para Carlos Manga, contemplado com uma remuneração cada vez maior, o que, aliás, explica a decisão de trocar o cinema pela televisão. Na entrevista que concederia ao *Pasquim*, em 1972, ao ser indagado por Sérgio Augusto sobre a razão de ter trocado o cinema pela televisão quando conseguira "um tom de chanchada com o apuro técnico elevadíssimo de *Homem do Sputnik* e *Vento em popa*, justificou dizendo que "estava completamente desengrenado financeiramente" e que foi então que "apareceu a televisão me dando de cara um dinheirão".

A competição entre as emissoras de TV ganharia uma nova candidata a líder em São Paulo, a partir de 1960, e no Rio, em 1963. Era a TV Excelsior, fundada pelo empresário Mário Wallace Simonsen e que surpreendeu as concorrentes pela boa organização e pelo tratamento rigorosamente profissional dispensado aos empregados e ao público. Foram raras as vezes em que um programa da TV Excelsior entrou fora do horário. Com tanta organização e com muito dinheiro para investir, a direção da emissora tratou de contratar os melhores profissionais da praça.

Quando a TV Excelsior se instalou no Rio de Janeiro, em setembro de 1963, ocupando o Canal 2, até então reservado para a emissora carioca Rádio Mayrink Veiga, tratou de formar um elenco com o melhor que havia na praça. E quem pagou o pato foi a TV Rio, que, de repente, se viu sem os seus melhores atores, atrizes, diretores, técnicos, entre eles, Carlos Manga e Chico Anysio. Além de um novo elenco, também um novo auditório foi providenciado, com a compra do cinema Astória, na Rua Visconde de Pirajá, o mesmo em que Manga viu, muitas vezes, a exibição dos seus filmes da Atlântida, uma coincidência que não deixava de ser emblemática para o diretor, que trocara o cinema pela televisão. Com um salário altíssimo que, mesmo levando em conta a inflação da época, era uma fortuna (provavelmente, um dos maiores salários do país), assumiu a direção geral de programação da Excelsior carioca, função nada fácil, pois ficaram sob a sua responsabilidade os grandes shows produzidos no Rio retransmitidos pela Excelsior paulista e, depois, por emissoras de outros estados. Estavam sob o seu comando os programas "Show Times Square", "A cidade se diverte", "Vovô Deville", "My Fair Show" e "Gira o mundo gira", este com Chico Anysio. Nenhum outro programa lhe deixou tantas saudades quanto "Show Times Square", na verdade um superprograma, com o maior orçamento da televisão brasileira e com uma equipe de muitas centenas de pessoas, se fossem somados todos os que trabalhavam na frente e atrás das câmeras. O cenário do programa era uma tentativa de reprodução da Times Square de Nova York, com várias palavras em inglês. A música era de João Roberto Kelly, um dos profissionais transferidos da TV Rio a peso de ouro. O patrocínio era da loja de eletrodomésticos Tele Rio, que se identificou tanto com o programa que mudou seu nome para Tele Rio Times Square.

CARLOS MANGA E SEU GRANDE AMIGO CHICO ANYSIO

A TV Excelsior contratou para o seu elenco uma das cariocas mais populares da cidade (com boa repercussão pelo Brasil inteiro), Aizita Nascimento, a moça que, representando o Renascença, clube da comunidade negra do Rio de Janeiro, famoso especialmente pela beleza das suas candidatas a Miss Guanabara, provocara uma inesquecível manifestação de protesto no estádio do Maracanãzinho, ao deixar de ser a ganhadora do concurso de Miss Guanabara. Quando foi anunciada a decisão da comissão julgadora, que a colocou em sexto lugar, o coro interminável do público, que gritou tantas vezes "Queremos a mulata!", fez com que os organizadores enfrentassem imensas dificuldades para promover a reapresentação das candidatas que chegaram na frente dela. Sem dúvida, era, de longe, a mais bonita e, provavelmente, foi vítima da visão estética um tanto racista dos integrantes da comissão julgadora. De qualquer maneira, o escândalo provocado pela sua derrota impediu que Vera Lúcia Couto dos Santos, Miss Renascença de 1964, novamente a mais bonita, deixasse de ganhar o título de Miss Guanabara daquele ano.

Carlos Manga, o diretor de programação da TV Excelsior, escalou-a para o programa Times Square, onde ela chamou a atenção, pela beleza e pelo charme, até do diretor de programação. Foi o início de uma grande paixão e de um período em que o casamento de Manga e Inalda passou a correr muito perigo, pois estava decidido a casar com a moça, mas ela recusava sob o argumento de que, sendo ele branco, ela negra, o casamento não daria certo.

Até o golpe de estado de 1964, a TV Excelsior carioca foi, de fato, uma escola risonha e franca, com todos os profissionais ganhando bem e fazendo o que gostavam. Foram tempos muitos felizes para Manga, que adorava desfilar pelas ruas do Rio de Janeiro em seu Cadillac conversível vermelho e de participar do que imaginava ser uma revolução na televisão do Brasil. O clima de amizade existente entre os profissionais da emissora estimulava uma constante troca de visitas à casa de cada um. Carlos Manga gostava muito de receber os colegas e oferecer pratos que ele próprio fazia. Era muito elogiado tanto pelos pratos italianos quanto pelos brasileiros, com uma especial predileção pela feijoada. Tinha boa fama como cozinheiro (um elogio das suas habilidades de cozinheiro era suficiente para deixá-lo com extremo bom humor), mas era também famoso como comilão, característica, aliás, que inspirou um trecho de uma deliciosa crônica de Geraldo Casé, no *Jornal do Comércio*, em fevereiro de 1997. Vale a pena ler o tal trecho:

"Trabalhávamos juntos na falecida TV Excelsior. Uma vez ou outra, promovia na minha casa uma comilança oferecida aos companheiros do dia a dia. Manga me provocava a preparar uma cazuela de mariscos, peixes, camarões e toda sorte de frutos do mar. Nesse dia, tínhamos perto de 20 pessoas para a peixada do almoço. Manga me informara que estaria em reunião com uns gringos e perguntou se poderia agregá-los ao encontro. Claro que aquiesci. A cazuela era servida em tigelas individuais. Tal método dava oportunidade a cada um de se sentir mais confortável e, no caso de um conviva atrasar, sua cota estaria preservada e quentinha. Ao telefone, Manga pediu que os trabalhos fossem iniciados e que chegaria mais tarde.

— E os gringos?

— Iremos todos.

— Então, com você, serão seis pessoas?

— Isso mesmo. Comigo, seis.

— Vou preparar seis tigelas no vapor.

Passados quarenta minutos, tocam a campainha, era Manga, sem os gringos.

— E as cazuelas?

— Pode deixar comigo."

Outra lembrança forte desse período foi a descoberta da necessidade de mudar o comportamento diante dos subordinados no trabalho. Desde os últimos filmes da Atlântida, incorporou um autoritarismo, quase de terror, que foi péssimo para as relações com as suas equipes. Em 1996, numa entrevista à revista *Playboy*, confessou que feriu e desempregou muita gente. "Só me preocupava com quem me bajulava. Humilhei muita gente. A vaidade não cabia em mim", disse Manga, que fazia questão de lembrar desse tempo em todas as entrevistas que dava, inclusive para este livro. "Eu me sentia o poderoso chefão, me achava um gênio, cumprimentava quem dava 40 pontos de audiência no IBOPE, acenava para quem dava 30, balançava a cabeça para quem dava 20 e virava a cara para quem fizesse menos. Fui uma pessoa muito feia. Até que, num domingo, fazendo a barba, me senti corrompido pelo poder."

Mas o fato que o obrigou a mudar completamente o comportamento ocorreu no dia em que foi à casa de um figurante chamado Elzo Cannote, a quem havia demitido porque achara a cara dele "meio antiga". Foi lá, tempos depois, para pedir desculpas e convidá-lo a voltar ao trabalho, mas Elzo havia morrido.

Curtia o remorso quando percebeu que o tempo de fartura da TV Excelsior estava chegando ao fim, pois os líderes do golpe de estado de 1964, que derrubou João Goulart da presidência da República, aproveitaram-se da ausência das garantias legais contra os atos do regime para liquidar os adversários políticos. Na área empresarial, poucos foram tão castigados quanto Mário Wallace Simonsen e seu grupo. Já era público que o principal acionista da TV Excelsior não marchava com os golpistas, pois, nas eleições de 1960, apoiara a candidatura do marechal Henrique Teixeira Lott para a presidência da República e, para não haver desacordos dentro do seu grupo empresarial, comprou as ações dos sócios, que preferiam apoiar o ex-governador de São Paulo, Jânio Quadros. Quando foi implantado o golpe, até que Simonsen tentou agradar aos golpistas, ao orientar as suas emissoras – inclusive as recentemente adquiridas em Porto Alegre, no Recife, em Brasília e no Triângulo Mineiro – para convocarem a população a doar as suas joias a fim de ajudar o novo governo a pagar a dívida externa. "Ouro para o bem do Brasil" era o slogan da campanha, que rendeu uma quantidade incalculável de relógios, anéis, broches, colares etc., cujo destino nunca foi revelado.

Não adiantava, porém, qualquer esforço para agradar aos líderes golpistas. Eles estavam decididos a acabar com todas as empresas que tivessem Mário Wallace Simonsen como sócio, mesmo aquelas em que não fosse o acionista principal. Uma dessas empresas foi a Panair do Brasil, a companhia de aviação brasileira com o maior número de voos para o exterior de todos os tempos. A Panair voava para cidades europeias, que nunca mais receberam um voo de uma empresa brasileira. No caso da Excelsior, que acabaria de vez em 1970, o cerco foi feito na base de denúncias até de contrabando de café pelo grupo de Simonsen (o governador do então estado da Guanabara, Carlos Lacerda, foi o principal porta-voz dessas denúncias), de pressões sobre os anunciantes para se afastarem da emissora. Como se tudo isso não bastasse, o Banco do Estado da Guanabara, o BEG, não mais descontou os títulos da Excelsior, cuja caixa se aproximou dramaticamente do zero. Coube a Carlos Manga a iniciativa de pedir uma audiência ao governador Carlos Lacerda, a quem lembrou que ele estava fechando uma casa de trabalho para 700 pessoas. Lacerda entrou imediatamente em contato com Antônio Carlos de Almeida Braga, presidente do BEG, e pediu que ele descontasse os títulos da Excelsior.

z“‘Acho que vocês estão brincando, isso não pode ser sério.’ Foi assim que respondi a um convite para dirigir esse programa aos domingos, em São Paulo, com um cantor jovem chamado Roberto Carlos. ‘Quem é?’, perguntei, e me responderam com ‘*Splish Splash*’. Não podia ser uma proposta a sério. Passar um fim de semana em São Paulo para dirigir um cantor? Não. Cobrei um absurdo. Pois bem, pagaram. E lá fui para a TV Record.

Esse é o tipo de reação que todos têm diante de algo novo e não fui exceção. Aí, conheci aquela figura meiga de cantor, sensível e carinhoso, apaixonei-me pelas suas composições. E por ele. Trinta anos depois, continuo apaixonado. Ao lado dele, um menino muito grande e de igual talento, Erasmo Carlos também foi uma grande surpresa, com o coração muito maior que o seu tamanho. Entre os dois, uma bonequinha loura, cuja personalidade de gestos quando cantava me fazia lembrar de alguém de muito antes dela, Carmen Miranda. Seu nome: Wanderléa, a Ternurinha. Uma vozinha gostosa, uma voz de namoradinha e que, de repente, crescia, ficava forte e surpreendia.”

E que tal Carlos Manga como diretor do programa “Jovem Guarda”? Com a palavra, Erasmo Carlos:

— Quando ele chegou para dirigir o programa, tinha aqueles vícios de diretor, dando esporro, falando palavrão e gritando. Ele não tinha a menor ideia do que era a Jovem Guarda. Chegou com aquele jeito de quem pensava que a gente era um grupo de jovens rebeldes e não percebia que éramos pessoas legais, alegres. Quis bater de frente e não deu certo, porque nós nos amávamos tanto que ele ficou desarmado. Com o tempo, ele foi se adaptando e acabou sendo o maior amigo da gente. Éramos uma família que acabou sendo família dele também.

Erasmo Carlos prosseguiu:

— Ele queria impor uma disciplina que nada tinha a ver conosco. A gente achava que o programa era nosso e tinha de ser como sempre foi. A coisa ficou mais feia quando ele suspendeu a Wanderléa, por chegar atrasada. Tomei as dores dela e falei que, se suspendessem a Wanderléa, eu também estava suspenso. O problema foi resolvido com a intervenção da direção da Record, mas não me lembro como terminou, se houve suspensão ou não. Acho que ela não foi suspensa.

Erasmo viu Carlos Manga pela primeira vez antes mesmo do início da sua carreira de compositor e cantor, quando frequentava, ao lado de Jorge Bem, Tim Maia e outros, o bar Divino, na Tijuca (na esquina das ruas do Matoso e Haddock Lobo), próximo ao Cinema Velo, que passaria a ser estúdio da Atlântida Cinematográfica. Na época, tanto Manga quanto Cyll Farney, Eliana, Grande Otelo, Oscarito e outros aproveitavam os momentos de folga para tomar um cafezinho no Divino. Ao saber que Carlos Manga fala dele com extrema simpatia, Erasmo comentou:

— Ele me ama. Sempre disse isso. Aliás, ele é muito emotivo, é explosivo no amor e no ódio. Não sabe disfarçar. Se estiver comendo e houver alguma coisa de que não goste, engasga com a comida. É impulsivo e muito sincero nos sentimentos dele. Quando diz que gosta do cara, gosta mesmo. Ele me chamava de Orson Welles. Uma pena que, quando foi para a Globo, se esqueceu disso.

O programa "Jovem Guarda" acabou nos últimos anos da década de 1960, mas permaneceu uma amizade entre os dois. Disse Erasmo que se frequentavam muito.

— Ia lá em casa e era recebido com um cozido que minha mãe fazia. Ele me recebeu com Narinha na casa dele para comer uma massa deliciosa que ele mesmo fez. Uma vez, resolvi recebê-lo vestido de indiano, com um turbante na cabeça e uma gema na testa. Quando ele chegou com Inalda, caiu na gargalhada. A gente sempre saía para jantar, ele e Inalda, comigo e Narinha. Aliás, nossas mulheres ficaram muito amigas, até depois das separações dele e minha.

Erasmo Carlos faria a música do filme *O Marginal*, produzido e dirigido por Manga em 1974.

— Por causa disso, fomos convidados para ver um copião do filme. Estava empolgado com o trabalho de um técnico norte-americano que sabia mostrar balas de revólver entrando no corpo das pessoas. Ele queria mostrar o trabalho do norte-americano e a gravação feita por Wilson Miranda da minha música. Quando o filme terminou, perguntou o que a gente achou e Narinha, que não sabia do trabalho do norte-americano, falou: "Olha, Manga, eu não sei se deveria falar, mas, na hora dos tiros, a gente vê aqueles negocinhos dentro da camisa do cara".

A partir de 1968, ano em que nasceu a filha Paula, futura atriz, Manga teve a vida facilitada com a decisão de gravar no Rio de Janeiro, no auditório da TV Rio, já que continuava morando na cidade natal. O programa terminaria sua carreira sem maiores problemas se, num deles, a criatividade de Manga não fosse prejudicada por um incidente que quase matou Roberto Carlos, logo na abertura. Sua criação consistiu na entrada do cantor no palco, no volante de um automóvel, sendo focalizado por três câmeras, por sinal, as únicas câmeras que a TV Rio possuía. Por um erro de cálculo do pessoal da técnica, a câmera colocada no alto, que deveria acompanhar a entrada de Roberto Carlos, ultrapassou o apoio e caiu a centímetros do cantor, espatifando-se no chão.

Depois de "Jovem Guarda", Carlos Manga continuou na TV Record, Canal 7 de São Paulo, dirigindo o "Show do Dia 7", programa mensal em que a emissora utilizava todo o seu elenco, além de atrações convidadas. Ele guardou com muito carinho a gravação de um trecho de um "Show do Dia 7", não por causa da direção do programa, mas da sua atuação como artista. É que ele havia preparado para aquele dia um daqueles números do tempo do Sinatra-Farney Fan Club, uma imitação de Al Jolson, e o artista encarregado do desempenho teve um problema e não apareceu. A saudade dos velhos tempos falou mais alto e Manga resolveu ser ele mesmo o imitador. Mandou pegar o smoking verde em casa, maquiou-se todo de preto e foi para o palco, depois de ser anunciado por Mário Lago, que pediu a compreensão do público, pois o show não pode parar, e informou que o número seria realizado pelo próprio diretor do programa. Antes da apresentação, Manga manifestou ao companheiro de direção Nilton Travesso a preocupação com a letra da música, que conhecia muito mal, embora conhecesse muito bem a música. Nilton garantiu que iria deixar uma cola (uma "dália" na linguagem dos artistas) em letras grandes e em local bem visível.

Sendo assim, Carlos Manga entrou no palco e começou a cantar, com o cuidado de repetir os gestos característicos da Al Jolson. O problema foi que o próprio Nilton Travesso acendeu, lá do fundo do auditório, um canhão na cara de Manga e ele não enxergou mais nada. Mas não se importou. Passou a cantar a música com uma letra absolutamente maluca, inventada na hora.

"Modéstia à parte, foi um sucesso, pois o público aplaudiu de pé. No final do programa, quando todos os artistas se reuniram no palco para receber os aplausos, o público começou a gritar: 'O diretor! O diretor!' Fui para o palco e o auditório não parava de me aplaudir. Acho que, como artista, foi o maior sucesso da minha vida. Para se ter uma ideia, estavam todos os artistas no palco, inclusive Roberto Carlos e Elis Regina. E ninguém foi mais aplaudido do que eu. No dia seguinte, recebi uma carta consagradora do velho Paulo Machado de Carvalho", recordou o artista improvisado, que, no dia 1º de abril de 1969, ganhou registro na carteira profissional da Rádio Record S. A., como produtor e diretor, com salário de 12 mil cruzeiros mensais.

Não demorou muito para a TV Record enfrentar uma crise terrível, com a queda de audiência dos programas musicais, que fizeram dela a líder de audiência em São Paulo durante boa parte da década de 1960. Roberto Carlos, Elis Regina, Wilson Simonal, apresentadores de programas e outros de menor expressão deixaram a emissora, que passou a enfrentar sérios problemas financeiros. Tudo isso foi exposto a Carlos Manga por Paulo Machado de Carvalho Filho, o Paulinho de Carvalho, para pedir um programa que custasse barato, mas que proporcionasse uma audiência suficiente para garantir a volta dos anunciantes.

Manga revelou que teve a ideia do programa no dia em que, trafegando por São Paulo, viu uma rua ocupada por militares do Exército, fato que certamente aumentaria a raiva da população contra a ditadura militar. O seu raciocínio foi que o programa também deveria provocar raiva e até revolta. E assim nasceu o abominável programa "Quem tem medo da verdade?", atendendo inteiramente ao pedido de Paulinho Machado de Carvalho, pois era barato e foi líder absoluto de audiência em São Paulo e no Brasil inteiro, mas Carlos Manga confessaria depois que não guardara qualquer orgulho pelo êxito do programa, do qual, além de idealizador, foi diretor e apresentador.

"Quem tem medo da verdade?" apresentava um grupo que funcionava como jurado para absolver ou condenar os convidados. Tal grupo, segundo Manga, era constituído "pelos mais antipáticos, mais burros, mais chatos, os mais desesperadamente nojentos" (Clécio Ribeiro, Paulo Azevedo, Sílvio Luís e outros), segundo definição dele, abrindo exceção para o recordista mundial de salto tríplice, Ademar Ferreira da Silva, e para o compositor e humorista Adoniran Barbosa. Havia também um padre que pensava em abandonar a batina, mas Carlos Manga providenciou um pagamento extra para que continuasse no sacerdócio enquanto estivesse no programa. Nos bastidores, atuava uma equipe que chegou a ter quinze repórteres, com a missão de levantar a vida de todos os convidados. Entre os "réus", que ganhavam cachê, estiveram Araci de Almeida, Grande Otelo, Norma Bengell, Leila Diniz, Roberto Carlos, o cantor Paulo Sérgio e a atriz Helena Ignez. Ele garantiu que Dalva de Oliveira, de quem era grande fã ("nunca senti uma dor maior do que apresentar a Dalva como uma mãe cujos filhos não queriam mais saber dela"), e Grande Otelo, seu amigo e companheiro desde o tempo da Atlântida, pediram para ser "julgados", pois estavam precisando de trabalho e o programa chamaria a atenção dos empresários.

No programa em que Leila Diniz afirmou que seu maior sonho era ser mãe, ouviu do "jurado" Clécio Ribeiro: "A senhora é praticamente uma prostituta com o seu linguajar obsceno. Como sonhar com algo sublime como ser mãe?". Leila chorou e Manga, que, muitas vezes, atuava mais como promotor do que como apresentador, interveio, sempre com um cigarro na mão fazendo movimentos circulares, o que aumentava a sua antipatia: "Não adianta que esses truques de atriz aqui não funcionam". Grande Otelo foi apresentado assim: "Este negro é bêbado, moleque, inescrupuloso e irresponsável e estragou meu primeiro filme". Para Norma Bengell, uma apresentação e uma pergunta: "Quero apresentar uma mulher que deixou todos os homens doidos. Foi a mulher mais assediada pelos homens. Norma Bengell, por que você é lésbica?" Resposta: "Porque mulher é muito mais gostosa do que o homem".

Por que acabou o programa? "O programa terminou porque eu já não podia sair à rua. Na verdade, eu não aguentava mais", confessou Manga, que, numa autoanálise, concluiu que o êxito do "Quem tem medo da verdade?" trouxe de volta antigos defeitos. "Vi o quanto era irascível, como não perdoava a menor fraqueza, como usava as pessoas. Vi também que não tinha amigos, que não era querido. Era apenas temido. Foi muito triste. Fiquei com uma vergonha enorme de mim mesmo. Nunca fiz terapia, nunca fui a um analista. Pouco depois, arrumei um gravador e comecei a soltar as coisas que tinha dentro. Chorava muito. Tenho a impressão de que duas pessoas sumiram com as fitas para me ajudar. Acho que foi minha mulher, Inalda de Carvalho, ajudada por um amigo meu, Sílvio de Abreu. Nas fitas, eu dizia o que havia feito e pedia perdão a uma porção de pessoas", disse ele, em 1996, à revista *Playboy*.

A autoanálise deveu-se muito ao fato de Inalda de Carvalho ter-lhe dado, em pouco tempo, dois filhos, Carlos Manga Júnior e Paula, que o levaram a refletir sobre o seu comportamento. E foi a família que o fez concluir que precisava mudar de vida. Viu, por exemplo, que o excesso de trabalho – e daquele trabalho! – o impedia de dar mais atenção à família, pois era comum passar dois, três dias, sem ir em casa. Tudo isso durou até ver o filho Manguinha fugindo dele e escondendo-se atrás da mãe, por não reconhecer o pai.

E não era apenas o excesso de trabalho. Havia outros motivos sérios para tanto desgaste, que atribuía a uma crise surgida depois dos 40, quando passou a beber muito e se tornar "uma pessoa ainda mais desagradável". Às onze horas da manhã, já bebia uísque e, às cinco da tarde, estava bêbado. "Isso atrapalhava minha vida profissional. Muitas coisas que fiz e das quais me envergonho fiz porque estava bêbado. Cheirei lança-perfume, experimentei cocaína e vi que é a coisa mais sem graça e não experimentei maconha porque não suporto o cheiro. O álcool é que funcionava."

Sua última missão na TV Record, onde fora aumentado para 22 mil cruzeiros, foi a de dirigir, entre abril e agosto de 1971, a novela "Editora Mayo, bom dia", de Walter Negrão. Na verdade, a novela era escrita por Marcos Rey, que se incompatibilizara com a direção da Record, porque o seu texto fazia alusões hostis claríssimas à Editora Abril. Carlos Manga foi convocado para trabalhar com Walter Negrão, como diretor.

— Num sábado – lembrou Manga – Paulinho Machado de Carvalho me disse: "Você vai dirigir uma novela segunda-feira." Foi uma surpresa: "O quê? Você está maluco?". Paulinho justificou: "O autor foi embora, o diretor também e esse rapaz – você conhece? – vai escrever até segunda-feira". Walter Negrão pegou o negócio e escreveu feito um desatinado durante quarenta e oito horas. E eu, também como um desatinado, fiz os cenários e tudo o que era preciso. O negócio foi uma loucura tão grande que, um dia, um cara ressuscitou. O cara morreu no primeiro capítulo e, no vigésimo, teve de voltar, porque não dava para continuar a história. O que sei é que me dei muito bem com Walter Negrão, porque ele adora cinema. Nosso diálogo era muito cinematográfico.

O elenco de "Editora Mayo, bom dia" contava com a fina flor dos atores disponíveis na época, incluindo a dupla Luís Gustavo e Débora Duarte, que obtivera grande sucesso na novela "Beto Rockfeller", de Bráulio Pedroso, além de Nathália Timberg, Rodolfo Mayer, Geraldo Del Rey, Mauro Mendonça e outros. O futuro autor Sílvio de Abreu atuou como ator, fazendo o papel de subdelegado. A novela teria tudo para fazer sucesso, se a TV Globo não fosse tão competente na arte de conquistar cada vez mais telespectadores para as suas novelas. Por infeliz coincidência para a Record, no mesmo horário, a Globo apresentou uma das suas novelas mais bem- sucedidas, "Minha doce namorada". Resultado: "Editora Mayo, bom dia" foi um grande fracasso e um desperdício de dinheiro.

Um grande fracasso, mas de muita importância para um dos nossos maiores autores de novela, Sílvio de Abreu, como revelou o livro Histórias da dramaturgia, de vários autores, lançado pela Editora Globo, dentro do projeto Memória Globo: "Conheci a pessoa que, definitivamente, mudou a minha vida: Carlos Manga, diretor da novela". Sílvio assumiu a função de assistente de Manga e, daí em diante, estava mais interessado em ver Manga trabalhar do que em interpretar o seu personagem.

Com os salários atrasados havia seis meses, Carlos Manga protestou tanto que foi demitido no dia 5 de fevereiro de 1972, sob a acusação de incitar os funcionários da emissora à greve. Entrou com uma ação na Justiça Trabalhista contra a TV Record e ganhou o suficiente para passar cerca de dois anos na Itália com a família.

CARLOS MANGA E SILVIO DE ABREU

NOVO FILME,
NOVA PROFISSÃO

OSWALDO MASSAINI apresenta
um filme de CARLOS MANGA
TARCISIO MEIRA
O MARGINAL
DARLENE GLÓRIA
VERA GIMENEZ
EDNEY GIOVENAZZI
FRANCISCO DI FRANCO
RUTHINEA DE MORAES
CARLOS KROEBER
VICTOR MERINOW
MAURICIO DO VALLE
e ANSELMO DUARTE
canção tema
ROBERTO CARLOS e ERASMO CARLOS
composição musical · CHICO MORAES
WILSON MIRANDA
fotografia · Osvaldo de Oliveira
argumento · DIAS GOMES
cenas e dialogos adicionais
Lauro Cesar Muniz
uma
superprodução
em
Eastman COLOR
CARLOS MANGA
produções cinematográficas

Enquanto aguardava o resultado da ação trabalhista contra a TV Record, Carlos Manga tentou, mais uma vez, ganhar a vida na noite carioca, como sócio do empresário Abraão Medina na Rio 1800, casa instalada à beira da praia, em Ipanema. Assumiu a função de diretor artístico da Rio 1800 e aproveitou para convocar os amigos para se apresentarem – Aizita Nascimento e Peri Ribeiro, entre eles – e enfrentar uma das suas frustrações, que era a de não cantar em público. Lá, cantava quase todas as noites.

Mas a experiência de cantor da noite durou pouco. Quando recebeu a notícia de que fora vitorioso na questão trabalhista com a Record e de que a indenização era exatamente a esperada, tratou de planejar a viagem para a Europa, não sem, antes, administrar um caso amoroso com a então repórter Cidinha Campos, pois o caso ficara muito sério e ele já havia optado pela continuação do casamento com Inalda. Numa entrevista ao jornal O Globo, em 1977, reconheceu que Inalda sempre esteve ao seu lado e que fazia questão de acompanhá-lo a todos os lugares, "mostrando ser superior aos acontecimentos e tentando manter firme o nosso lar e a minha imagem perante meus filhos".

Em junho de 1972, deu uma entrevista ao Pasquim, sem que nenhum dos entrevistadores (Millôr Fernandes, Ziraldo, Sérgio Augusto, Ivan Lessa, Luís Lobo, Miguel Paiva e Jaguar) tocasse no caso com Cidinha, mas foram implacáveis na cobrança pelo programa "Quem tem medo da verdade?". Manga se defendeu dizendo que "ninguém mais via a Record" e, por isso, idealizou um programa em que várias pessoas fariam perguntas a uma só, sem script nem nada. Millôr reagiu afirmando que "isso é picaretagem", o que levou o entrevistado a observar: "fiz no vídeo o que vocês estão fazendo comigo". Na abertura da entrevista, Sérgio Augusto revelou que, em 1961, o cineasta Davi Neves o alertou que "a gente precisa descobrir o Carlos Manga", mas Sérgio comentou que já era tarde: "O homem já estava na televisão, onde, consta, 'descobriu' e deu uma virada nos shows de variedades". Depois de afirmar que havia três tipos de televisão no Brasil, a TV de herdeiros, a TV de condomínio e a TV de profissionais ("a Globo é dirigida por profissionais", disse), anunciou que pretendia viajar para a Europa para estudar, aperfeiçoar-se, ler, conversar com os grandes roteiristas, "porque acho que nosso grande problema está no roteiro".

Para não ser tentado a gastar, de uma vez, todo o dinheiro da indenização da Record, Carlos Manga fez um acordo com a emissora para parcelar a dívida, de maneira a receber uma quantia mensal suficiente para mantê-lo durante muitos meses na Europa. Resolvido o problema do dinheiro, pegou a mulher, os filhos e uma professora encarregada de dar aulas para as crianças e deu início à viagem, decidido a permanecer na Itália. Antes de chegar lá, visitou outros países, começando pela Holanda. "Nos três primeiros meses, praticamente vivemos dentro do carro", lembrou Manga.

Concluído o périplo europeu, instalou-se num apartamento em Roma, matriculou as crianças numa escola de arte e partiu para a elaboração de um roteiro de filme, que pretendia mostrar a cineastas italianos, a fim de recolher críticas e comentários que o ajudassem a colaborar com os roteiristas brasileiros, pois insistia que o Brasil seria uma potência em matéria de cinema se os brasileiros soubessem fazer roteiros. A protagonista do seu roteiro era uma das mais fascinantes entidades da Umbanda, a Pomba Gira, também conhecida como a Exu feminina. Tratava-se, portanto, de uma história bem brasileira. Mas não foi exatamente a história que chamou a atenção do proprietário do apartamento, que Manga recebia em casa para efetuar o pagamento do aluguel, mas o fato de trabalhar num roteiro cinematográfico.

— Você faz cinema? – perguntou o senhorio.

A atlântida Cinematográfica
parabeniza
CARLOS MANGA

pela sua volta à direção cinematográfica e relembra aqui alguns de seus maiores sucessos

AMEI UM BICHEIRO
(-assistente de direção)
CARNAVAL ATLÂNTIDA
(numeros musicais)
À DUPLA DO BARULHO
NEM SANSÃO, NEM DALILA
MATAR OU CORRER
COLEGIO DE BROTOS
(ainda record brasileiro de frequencia. 250.000 espectadores só na 1ª semana
GUERRA AO SAMBA
O GOLPE
VAMOS COM CALMA
ESSE MILHÃO É MEU

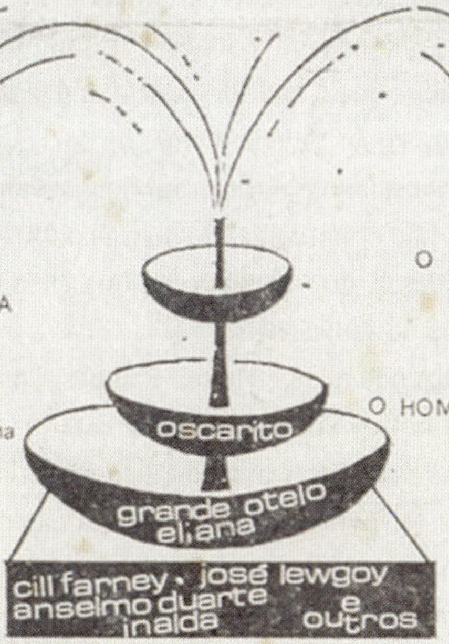

O CUPIM
PAPAI FANFARRÃO
DE VENTO EM POPA
O PALHAÇO O QUE É?
DOIS LADRÕES
É A MAIOR
DUAS HISTÓRIAS
O HOMEM DO ESPUTINIQUE
PINTANDO O SETE
QUANTO MAIS SAMBA MELHOR
SETE EVAS
GAROTAS E SAMBA

A CARLOS MANGA a Atlântida deseja o merecido sucesso do seu último trabalho no filme "O MARGINAL" em exibição nos cines:

Odeon · Roxy · Tijuca
Madureira 1 · Olaria · Icaraí

como produtor e diretor.

A resposta do inquilino foi a de que já havia realizado 25 filmes (na verdade, foram 21). Depois de uma rápida conversa em que Carlos Manga falou do seu trabalho no Brasil, o italiano perguntou se ele gostava de Federico Fellini, o que rendeu uma longa resposta do brasileiro, que, àquela altura, tinha Fellini como o seu cineasta preferido.

— Então, vem comigo até a Cinecittà que vou apresentá-lo a ele. Ele está filmando, mas vai nos receber – prometeu o italiano.

Sem acreditar muito no que ouvia do dono do apartamento em que morava, Manga embarcou no carro dele e somente começou a acreditar quando o carro ultrapassou o portão da Cinecittà, mediante um simples cumprimento com as mãos do visitante, em vez de ser submetido a várias perguntas e de exibir seus documentos, como ouvira falar, desde o momento em que revelou a intenção de conhecer os famosos estúdios do cinema italiano. Contou Manga que foram até o local onde Fellini filmava e, logo na chegada, não teve qualquer dúvida de que os dois eram realmente amigos. Abraçaram-se carinhosamente e disseram que era uma amizade que vinha "desde o tempo do pão e manteiga". Manga ficou impressionado com a altura do cineasta italiano. Era mais alto do que ele. Depois da recepção ao amigo, Fellini dirigiu-se ao brasileiro:

— Ele está me dizendo que você fez 25 filmes. Como foi isso?

Manga deu uma breve explicação e informou que pretendia realizar um filme na Itália, mas Fellini se encarregou de desiludi-lo:

— É melhor desistir, porque o pessoal daqui não deixa ninguém de fora entrar. Você terá muita dificuldade para filmar na Itália.

Em seguida, o grande cineasta o convidou para acompanhá-lo nas filmagens. Graças ao convite, o brasileiro foi testemunha da elaboração de um dos grandes clássicos da cinematografia universal, o filme Amacord. Fellini trabalhava, sem deixar de dar atenção a Manga, a quem passava algumas dicas do seu método de dirigir. Foi assim que o brasileiro aprendeu que a direção de um filme começa antes da chegada do elenco ao estúdio, para o diretor conversar com os atores e "preparar o clima". Antes da filmagem de uma cena romântica, ele mandava flores para a atriz. "Eu o via conversar, a um metro de distância, com o ator ou a atriz, sem que eu percebesse o que falava. Ele tinha uma técnica incrível de falar baixo", recordou Manga, repetindo a sua surpresa com a altura de Fellini: "As fotografias dele não davam a impressão de que ele fosse tão alto. Aliás, que homem bonito era o Fellini!".

Quando a temporada na Itália chegou ao fim, Carlos Manga pegou um táxi para embarcar para o Brasil e, no caminho, passou por uma praça cheia de gente que olhava para o alto. Abriu o vidro do carro e viu que quem atraía tantos olhares era Federico Fellini filmando em cima de uma grua. Ao colocar a cabeça de fora da janela para ver melhor, ouviu um grito lá de cima:

— Mango!

Emocionado com a lembrança, comentou:

— Isso não tem preço.

A viagem de volta não foi das mais agradáveis, pela impossibilidade de fazer qualquer despesa extra, já que o seu dinheiro chegara ao fim. Não totalmente, porque uma boa parte da indenização da Record ficou no banco, como reserva para a compra de um apartamento ou mesmo para a produção de um filme. Viajou também preocupado com a solução de um problema de moradia no Brasil, sabendo que a casa de praia que possuía no Guarujá ficava muito distante dos seus possíveis locais de trabalho. Manga e sua família foram recebidos no porto pelo produtor cinematográfico Oswaldo Massaíni, que, gentilmente, acolheu a família em seu apartamento e ofereceu um tratamento que chegava a comover o hóspede. "Todas as noites, a mulher de Massaíni deixava uma montanha de frutas para minha família", recordou Manga.

Na verdade, ele voltou ao Brasil com a missão de dirigir o filme *A super fêmea*, com Vera Fischer, segundo revelou Sílvio de Abreu, na entrevista para o livro *Histórias da Teledramaturgia*, editado pela Globo. O roteiro seria de Lauro César Muniz e Adriano Stuart, e Sílvio seria assistente. "Não me lembro direito porque Manga desistiu da direção, mas, sabendo que eu ficaria desempregado, pediu ao produtor para me dar um papel no filme. Mesmo sem querer trabalhar como ator, aceitei", recordou Sílvio de Abreu, lembrando da importância de ter concordado com o papel de ator: "Acabei me entrosando com o pessoal do cinema. Por ter o aval de Manga, comecei a conquistar espaço na Boca do Lixo, onde se fazia cinema em São Paulo. Apareceram na Boca do Lixo dois rapazes, Lincoln Lafayete Silveira Bueno e Decio Garcia Nascimento, querendo abrir uma produtora de cinema. Procuraram Aníbal Massaíni, que aconselhou: 'A primeira coisa é um roteiro'. Mas eles não sabiam como conseguir um roteiro, só tinham o dinheiro. Um estava com 18 anos e o outro com 19, e vinham de São José do Rio Preto. Massaíni deu três nomes: Lauro César Muniz, Adriano Stuart e Sílvio de Abreu, que nunca havia escrito um roteiro. Lauro e Adriano nem os receberam e eles acabaram me procurando. Disse a eles que não sabia escrever roteiro, que nunca havia escrito, mas, como insistiram, ofereci-me para escrever uma sinopse, embora não me achasse capaz de escrever uma história".

A solução encontrada por Sílvio de Abreu foi procurar Carlos Manga, que sabia estar desempregado, com a proposta de divisão do trabalho e do dinheiro. A sinopse saiu, graças à participação de Manga e os jovens produtores adoraram. Sendo assim, Sílvio perguntou a ele se toparia fazerem o roteiro juntos, o que foi aceito por Manga, manifestando o desejo de também dirigir o filme, que recebeu o título de Gente que transa. Depois de trabalharem cerca de cinco meses na elaboração do roteiro, com produção levantada, atores convidados (Carlos Eduardo Dolabella, José Lewgoy, Adriano Reys e Elke Maravilha, entre outros), Manga brigou com os produtores e não quis mais fazer o filme. A direção foi entregue ao próprio Sílvio de Abreu e, para sua alegria, o filme obteve uma das melhores bilheterias do ano para uma produção brasileira e foi marcante por ter proporcionado a ele o início da sua carreira de roteirista e de diretor de cinema.

Já Carlos Manga, aos 46 anos, mergulhou num projeto criado a partir de uma ideia de Inalda: um filme com argumento baseado na tragédia do bandido conhecido como Carne Seca, cujas façanhas ocuparam as manchetes dos jornais na década de 1950. Uma reportagem lida por Inalda contava que Carne Seca adorava tanto as crianças que, quando teve uma filha, decidiu abandonar os crimes, mas, pouco depois, soube pela própria mulher que ele não era o pai da criança. Seria a primeira obra de Manga sem qualquer apelo à comédia, depois de mais de dez anos afastado do cinema. A parte da indenização da TV Record guardada no banco foi inteiramente aplicada no filme, cuja produção foi entregue à Cinedistri, que concorreu com a maior parte dos investimentos, em sociedade com a empresa Carlos Manga Produções Cinematográficas.

O roteiro ficou por conta de Dias Gomes, pela sua experiência como autor teatral e criador de novelas de rádio e de televisão, mas o trabalho não deixou o diretor e produtor muito satisfeito. Depois de muita conversa e muitas modificações no roteiro, os diálogos foram entregues a Lauro César Muniz, tarefa que executou magnificamente bem. Na composição do elenco, Manga surpreendeu com uma decisão extremamente audaciosa na época, ao convidar Tarcísio Meira para fazer o papel do bandido que, no filme, ganhou o nome de Valdo. Ninguém imaginaria ver o galã das novelas de TV, bonito, sempre cercado por belas mulheres e distante dos conflitos de alguma gravidade, matando gente e participando de tiroteios. A atuação de Tarcísio foi elogiadíssima, como a demonstrar que seu talento ia muito além dos limites impostos pelas novelas. No filme, que recebeu o título de *O Marginal*, ele amava Leina, papel desempenhado pela sensual Darlene Glória. O filme, aliás, marcou a despedida dela das atividades artísticas e uma mudança radical de vida. "Fumei maconha, cheirei cocaína e tomei ácido. Mas Cristo me recebeu de braços abertos." Também participaram do filme, entre outros, Vera Gimenez, Carlos Kroeber, Ednei Giovenazi, Francisco Di Franco, Ruthineia de Morais e Maurício do Vale. A canção tema do filme, interpretada por Wilson Miranda, foi composta pela dupla Roberto e Erasmo Carlos e quem fotografou foi Oswaldo de Oliveira, o Carcaça. Sílvio de Abreu atuou como assistente da direção. O cuidado era tanto que, impressionado com a cena em que, em O Poderoso Chefão, de Francis Ford Coppola, o personagem Santino Corleone é assassinado, Manga tratou de contratar Edward Drohan, da Special Effects Unlimited, o norte-americano responsável pelas cenas que mostravam as balas se alojando nos corpos das vítimas. Preocupava-se especialmente com a morte do personagem de Tarcísio Meira. O responsável pela maquiagem foi Victor Merinow, que havia trabalhado na Vera Cruz e que, ao ser convidado por Manga, era o responsável pelo setor de maquiagem da NBC Television, de Nova York. *O Marginal* foi dedicado a Oscarito, "o símbolo do cinema brasileiro".

"Trabalhei com carinho e dei duro para fazer esse filme. Foi um filme profissionalmente sério, ao qual dediquei todas as minhas forças. Gastei oito meses da minha vida naquilo", disse Carlos Manga, compensado com a aprovação da crítica, do público e com a saudação, publicada em quase todos os jornais do país pela Atlântida Cinematográfica, "pela sua volta à direção cinematográfica". Após citar os nomes de todos os filmes feitos anteriormente por ele, a Atlântida manifestou o desejo de que obtenha "o merecido sucesso" com o filme *O Marginal*.

O *Jornal do Brasil* dedicou uma página inteira aos textos sobre o filme, escritos pelos principais críticos de cinema do jornal. Ely Azeredo optou por fazer um paralelo do trabalho do diretor no filme com o seu tempo de Atlântida: "Manga trabalhou pacientemente sobre o receituário básico do estúdio – que vivia basicamente da popularidade de Oscarito – durante uma década, até cansar. E não era para menos. Antes de abandonar o cinema, tentou, com *As Sete Evas*, dar uma pitada de sofisticação à comédia, mas o resultado foi menos feliz que a média das suas chanchadas. De A*s Sete Evas*, 1961, a *O Marginal*, os anos de ausência permitiram-lhe acumular na televisão uma experiência de planejador e de *expert* em diversas facetas do espetáculo que, agora, apresenta na tela. Os supersticiosos não podem encontrar a explicação para a contagem de 13 anos, que vai da deserção (mais do que justa) ao reengajamento (auspicioso): *O Marginal* é inquestionavelmente um bom filme e abre para o cineasta, agora também produtor, uma receptividade muito propícia ao futuro das sementes que ele não sabia onde plantar nos tempos da Atlântida".

José Carlos Avelar, por sua vez, analisou o filme, sob o ponto de vista técnico: "Os planos se ligam por rimas internas, por afinidades de luz ou de som. Em lugar dos acontecimentos em ordem cronológica, temos uma associação indireta, ora impulsionada por um mecanismo semelhante ao da memória, ora por um brinquedo simples de semelhanças visuais. Uma imagem leva à outra com o mesmo colorido. Uma palavra ou um som lembra um ruído idêntico. (...) *O Marginal* procura reunir as soluções mais felizes, isto é, as formas que mais se relacionam com o público e, por isto mesmo, não despreza as lições da televisão, que vão além da presença de Tarcísio Meira no papel central. A trilha sonora é variada e desigual como o fundo musical das telenovelas, os personagens e os acontecimentos são explicados de forma simples, em parte de acordo com o senso comum, em parte de acordo com as leis próprias do espetáculo cinematográfico".

No jornal *O Globo*, que exibiu o bonequinho sentado mas aplaudindo, que pode ser traduzido para "muito bom", o crítico Fernando Ferreira acentuou que "Carlos Manga não fazia cinema desde 1961, mas é verdade que, de lá para cá, assimilou muita coisa do que viu e aprimorou seu gosto da mise-en-scéne elaborada. Ele retorna em boa forma". Já Luís Alípio de Barros, na *Última Hora*, escreveu que o filme era "o tipo do programa que pode ser visto sem receio de arrependimento". Não seria exagero afirmar que valeu quase como uma consagração o texto do ator José Lewgoy, famoso entre os amigos pela dificuldade que encontrava para elogiar qualquer obra de quem quer que fosse. No entanto, *O Marginal* mereceu dele o seguinte comentário, publicado no *Pasquim*: "Na sua volta ao cinema, Manga acertou em cheio num gênero em que, desde *Amei um Bicheiro*, o cinema brasileiro vem quebrando a cara. E, trazendo de volta ao cinema Tarcísio Meira, fica preenchido o vazio deixado por Anselmo Duarte e Cyll Farney". Jean-Claude Bernardet, no semanário *Opinião*, ficou com uma opinião dividida. De um lado, aprovou o filme "pela marca do seu diretor, que sempre se empenhou em fazer filmes cuidados, apresentar trabalhos artesanalmente limpos, o que podemos chamar as qualidades de um filme feito em esquema artesanal". Depois, vieram as restrições: "A desorientação em relação à segurança da fase Atlântida sente-se no roteiro e na direção, que apelam um pouco para tudo. *O Marginal* oscila entre o filme policial e o psicológico, passa por Fellini numa sequência num bordel e pelo velho musical numa paródia de Carmen Miranda. E não se define nem de um jeito nem do outro".

Concluídas as filmagens, Carlos Manga partiu para a batalha da exibição, o que contribuiu para um estado de revolta que se manteve pela vida toda.

Com os exibidores, estabeleceu um acordo para deixar o filme em cartaz enquanto rendesse uma bilheteria superior a setenta mil cruzeiros por semana, bem mais do que rendia a média dos filmes nacionais e estrangeiros. De fato, os exibidores mantiveram o acordo até que o proprietário da principal casa em que o filme era exibido, o Ipiranga, de São Paulo, telefonou para ele confessando que teria de retirar *O Marginal*, apesar de receber um público de cento e vinte mil pessoas, por pressão da Warner's. "Foi aí que me convenci de que, no Brasil, você ainda não tem o direito de exibir seu filme na sua casa, pois sua casa não lhe pertence, pertence à Warner's, à distribuidora CIC, ao Harry Stone, ao diabo!"

Em conversa com o diretor Bruno Barreto, ficou sabendo que o filme *Dona Flor e seus Dois Maridos*, responsável pela maior bilheteria do cinema brasileiro em todos os tempos, teve de ser retirado do mesmo Ipiranga, quando rendia trezentos e vinte mil cruzeiros por semana. Manga desabafou: "Você faz um produto com uma dificuldade terrível, sabendo que será muito difícil recuperar o dinheiro para pagar as suas dívidas. E não consegue exibir seu filme, mesmo quando ele rende bem, para dar lugar a um filme estrangeiro. A solução é não fazer cinema. Nós é que não temos vergonha e deixamos os norte-americanos tomarem o que é nosso. Temos de defender o nosso cinema". Ele tinha uma sugestão para essa defesa: "Bastaria fazer o que se faz com outros ramos da indústria. Se você pudesse comprar um carro norte-americano pelo mesmo preço de um carro brasileiro, qual deles você compraria? Sem dúvida, compraria o norte-americano, não é isso? Acontece que o carro norte-americano custa trezentos mil reais e o nacional custa cinquenta mil, você acaba comprando o nosso. Por que hoje temos bons carros? Porque o governo taxa violentamente o produto estrangeiro. O que acontece no Brasil é que a distribuidora estrangeira de filmes comprou os cinemas no Brasil. Ou seja: distribui e exibe em seus próprios cinemas. Veja essa lei de oito por um. Para cada oito filmes exibidos no Brasil, apenas um tem de ser brasileiro. É como se eu dissesse: "Na minha casa, em cada oito noites, posso dormir com minha mulher apenas uma noite. Nas outras sete, ela tem de dar para os outros".

Ao saber que, na época, na Câmara dos Deputados, alguns parlamentares estavam interessados em modificar a legislação a fim de dar maior proteção ao cinema nacional, Manga se juntou ao ator e produtor Jece Valadão e partiu para Brasília, onde pediram uma legislação que proteja o nosso cinema. Mas a legislação não saiu.

Na mesma época de *O Marginal*, outra rede de cinemas exibia o filme *Isto é Hollywood (That's Entertainment)*, uma coletânea de trechos de quatro décadas de filmes musicais norte-americanos, cada trecho apresentado por um grande astro ainda sobrevivente da época, como Cyd Charisse, Fred Astaire, Gene Kelly, Frank Sinatra e outros, além de Liza Minelli, representando a mãe, Judy Garland. Carlos Manga adorou o filme e, ao sair do cinema, tratou de entrar em contato com Sílvio de Abreu e convocá-lo para escrever com ele o roteiro de um filme com a mesma ideia de *Isto é Hollywood*, mas com as produções da Atlântida como tema. Em poucos dias, a equipe técnica estava formada e o filme foi montado, com o título de *Assim era a Atlântida*, pelo velho amigo e companheiro de trabalho, Waldemar Noya, o Didi, com o reforço de Geraldo José, considerado o melhor profissional brasileiro em matéria de efeitos do som.

Apesar de bem recebido pelo público e pela crítica, *Assim era a Atlântida* não apagou o desânimo de Carlos Manga com o cinema, num país em que os brasileiros não tinham o controle da exibição das suas produções. Além disso, sabia que ganharia bem mais dinheiro na televisão, sem ter de enfrentar o poderio norte-americano no Brasil. A única possibilidade de voltar para o cinema seria encontrar as condições que lhe permitissem realizar um filme contando a vida de Carmen Miranda. Uma possibilidade, aliás, que tanto estava de pé que passou a trabalhar com Lauro César Muniz num roteiro do filme. Estava em plena labuta quando recebeu um telefonema, que promoveria mais uma mudança na sua vida. Quem ligou foi a empresária Rosa Jonas, diretora da Espiral, produtora de comerciais para rádio, cinema e televisão, com um convite para dirigir um comercial de TV para as sandálias Havaianas. Sem dar muita importância ao convite, já se preparava para dizer não, quando Rosa Jonas informou que se tratava de um filme para a agência Thompson, com a cantora Rosemary imitando Carmen Miranda. Carmen Miranda! Nesse nome havia qualquer coisa de místico e sedutor que impediria Carlos Manga de recusar qualquer proposta envolvendo a Pequena Notável.

O passo seguinte foi uma visita à Espiral para conversar. Não quis falar em dinheiro, pois não sabia se o seu trabalho seria aprovado. Espantou-se, na verdade, quando soube que seria um anúncio grande, de um minuto. "Em um minuto não dá para fazer nada", reagiu, mas Rosa lembrou que são feitos excelentes comerciais de apenas quinze segundos e que um comercial de um minuto, na verdade, não é muito comum, pois a maioria é de trinta segundos.

Em seu primeiro filme publicitário, Manga foi surpreendido pela reação dos companheiros de equipe, quando deu o trabalho como terminado. "Não faça isso!", advertiram, pois a produtora não podia saber que um comercial daqueles – em termos publicitários, uma superprodução – poderia ser concluído em tão pouco tempo. Também chamou a atenção do diretor calouro o desperdício com os filmes virgens. "Aprendi que a publicidade tinha uma economia que era o contrário da economia do cinema, onde gastar filme virgem excessivamente era quase tido como um crime. Já, na publicidade, era apenas sinal de que houve muito trabalho para chegar a um bom resultado", disse Carlos Manga.

Empolgada com o comercial das sandálias Havaianas, Rosa Jonas tratou de convocar o novo diretor para outros filmes, tendo o cuidado de, primeiramente, conversar com ele sobre dinheiro. Ofereceu-lhe um cachê de 20 mil cruzeiros, mas ele disse – para espanto geral – que 15 mil estava bom. Pediu a mesma coisa para o segundo filme e ambos ganharam prêmios nacionais e internacionais, o que o levou a mudar a conversa sobre dinheiro, ao receber de Rosa Jonas a informação de que desejava contratá-lo como funcionário da Espiral.

— Quanto ganha o melhor diretor de comerciais que você tem? – perguntou.

— Quarenta mil cruzeiros – disse Rosa.

— Quero oitenta mil.

A proposta foi aceita, dando início a um período de ampla fartura financeira. "Tenho a impressão de que fui o cara que, como diretor, mais ganhou dinheiro com comerciais no Brasil", lembrou Manga, que justificou plenamente a remuneração, pois, em poucos anos, sua produção de comerciais rendeu inúmeros prêmios nacionais e internacionais.

OSWALDO MASSAINI
TARCISIO
MAR
MUITO ACIM
ESPETACULO O

OSWALDO MASSAINI E CARLOS MANGA

FILMAGENS DE O MARGINAL

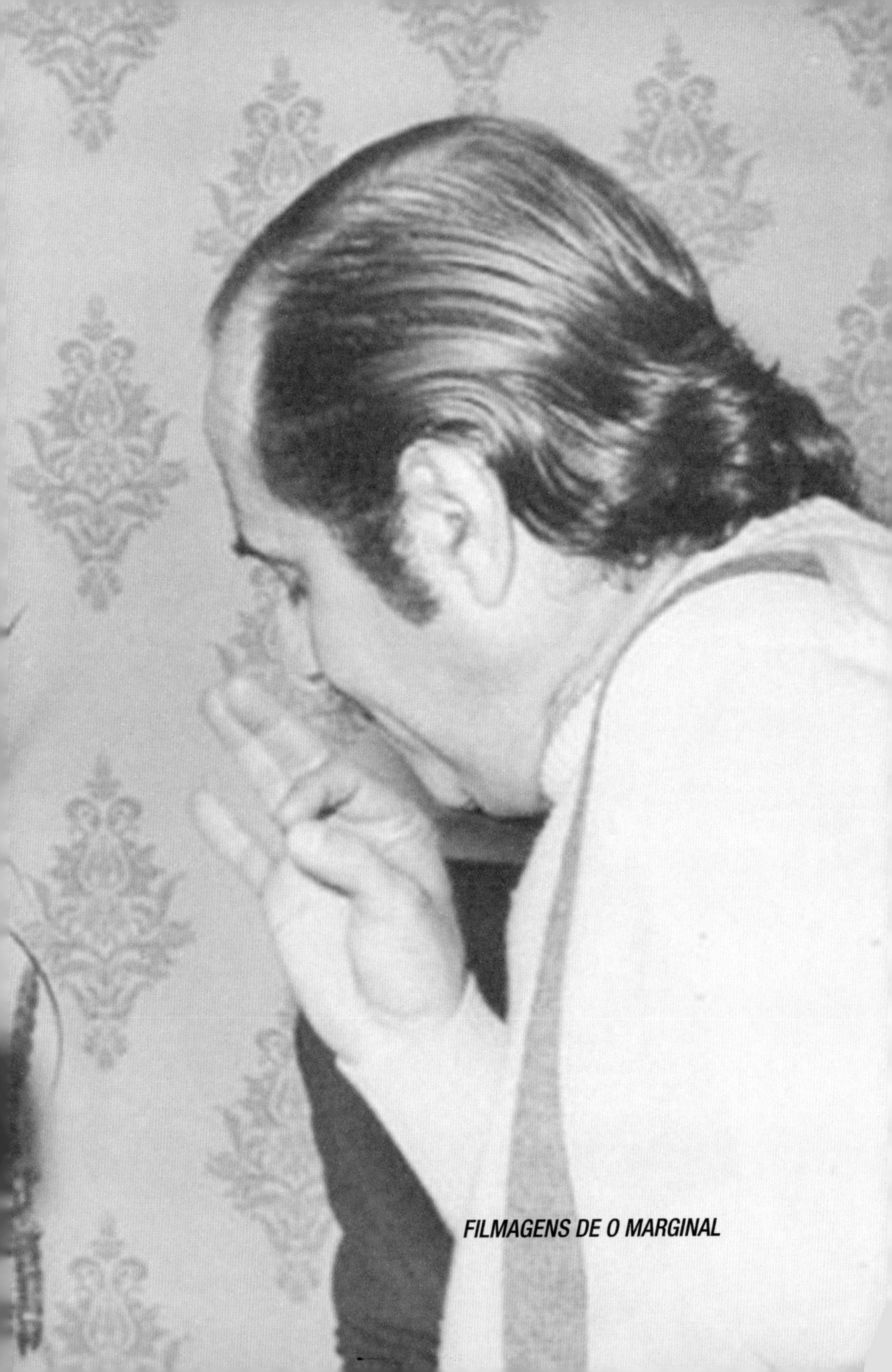

FILMAGENS DE O MARGINAL

FILMAGENS DE O MARGINAL

FILMAGENS DE O MARGINAL

TV
GLOBO

Mal começou o ano de 1976, Carlos Manga recebeu um convite irrecusável do amigo Chico Anysio para trabalhar na TV Globo, como diretor do programa "Chico City". Tudo isso exigiria bom humor e lucidez, numa fase em que dirigia uma média de dez filmes comerciais por mês e Kátia, filha do primeiro casamento, de 22 anos, fora internada num sanatório para se livrar das drogas. Mas seria impossível dizer não a um convite de Chico Anysio.

Ingressou na Globo no dia 1º de fevereiro de 1976, com um salário de 50 mil cruzeiros, sem alterar a rotina de diretor de filmes comerciais. Numa entrevista a Léa Penteado, do jornal O Globo, confessou que já fazia alguns dias que não sabia o que era dormir direito. Passava cinco dias por semana em São Paulo, por conta da publicidade, e dois no Rio, para dirigir "Chico City". Na época, morava em Ipanema. Suportava tanto trabalho, segundo ele, graças à decisão de deixar de fumar, um hábito que havia adquirido aos 20 anos de idade. Havia também, em sua atividade como diretor de comerciais, o estímulo da generosa remuneração e dos prêmios recebidos. Em 1976, ganhou os dois prêmios internacionais de maior prestígio, com um filme, encomendado pela prefeitura paulistana, de propaganda pela vacinação contra a paralisia infantil. Um dos prêmios foi o Leão de Ouro do Festival de Cannes e o outro, o norte-americano Clio Awards.

E não conseguia desligar-se do cinema. Léa Penteado quis saber o que achava das comemorações dos 80 anos do cinema brasileiro, com a exibição de 25 filmes brasileiros, mas nenhum dele. Por quê? Resposta: "Pode ser antipatia de alguém da Embrafilme em relação a mim. Mas não posso reclamar, pois não tenho a menor simpatia por nenhum dirigente da Embrafilme". Manga também estava furioso com alguns críticos de cinema, especialmente com o paulista Rubens Biáfora. Em entrevista à revista Homem, revelou que Biáfora não conseguiu colocar um filme dele no cine Ipiranga, que preferiu exibir Dona Flor e Seus Dois Maridos, de Bruno Barreto. Em consequência, segundo Manga, votando como crítico, Biáfora deu o prêmio de melhor diretor do ano a John Herbert. "Só de sacanagem. Herbert havia dirigido apenas o episódio denominado O Noivo do filme Já não se faz amor como antigamente. Coisas assim entram para a história do cinema, porque, daqui a 50 anos, quando estudarem a década de 1970, vão encontrar o nome de John Herbert e vão querer saber qual foi o melhor filme do ano. Qual o juízo que farão da nossa época?"

No dia 1º de abril, a TV Globo aumentou o seu salário para 90 mil cruzeiros, mas nem por isso ele abandonou a publicidade. Montou a Espiral, destinada a produzir e dirigir filmes de propaganda e, pouco depois, mudou o nome dela para Art Rio, com sede na Lagoa Rodrigo de Freitas. Anos mais tarde, resolveu deixar a empresa nas mãos de Cyll Farney e do seu sobrinho Paulo Lomba, que o convidaria, em seguida, para voltar, e ele voltou.

Detestou a telenovela *Feijão Maravilha*, escrita por Bráulio Pedroso e dirigida por Paulo Ubiratan, apresentada pela TV Globo de março a agosto de 1979. "Não era verdadeira. Uma coisa é ter a essência, outra coisa é imitar", disse. Então, por que ele mesmo nunca tentou fazer uma chanchada? Para ele, a chanchada só poderia ser feita até a década de 1950. "A chanchada tinha uma inocência que funcionava naquela época", justificou. Chegou a pensar em fazer um filme para o qual já tinha até o título, *Chanchada, uma tragédia*, mas desistiu a pedido da atriz, instrumentista e cantora Adelaide Chiozzo, que dividia com ele o conhecimento de um triste episódio que teria ocorrido com a atriz Eliana Macedo e que serviria de argumento para o filme. Ela teria sido mãe de um filho, fruto de um romance com um homem negro, que teria sido assassinado pelo tio dela, o diretor de cinema Watson Macedo. E o filho, já adulto, supõe-se que tenha morrido, vítima de atropelamento na porta do banco em que trabalhava. "Queria um filme com cenas de chanchada e da vida real dos artistas", imaginava.

Na década de 1980, Carlos Manga dedicou-se mais à publicidade do que à televisão, apesar de outros programas aos quais foi convocado para dirigir, além do "Chico City". Na verdade, era uma competição desigual, já que a TV não tinha como competir com uma atividade que dava tantos prêmios e tanto dinheiro a ele. Basta dizer que, em 1981, ele foi agraciado duas vezes com o Clio Awards e um nacional, o Prêmio Colunistas Rio, do jornal *O Globo,* por um filme das Casas Pernambucanas.

A Arte Rio Cinematográfica Ltda. nasceu em 1982, um empreendimento que mereceu, inicialmente, um grande entusiasmo de Carlos Manga, que caprichou na decoração da sede na Lagoa Rodrigo de Freitas, cujas estantes eram ocupadas pelos troféus que havia conquistado como diretor dos comerciais. O entusiasmo, porém, teve de conviver com o sofrimento, que nunca escondeu, pela separação de Inalda de Carvalho, após 16 anos de casamento. Casou-se duas vezes depois da separação, mas qualquer referência feita a Inalda sempre foi acompanhada de um complemento importante: foi ela o grande amor da sua vida.

Como não se desligava do cinema, o entusiasmo pela Arte Rio convivia com a revolta pela decisão da censura oficial de proibir o filme *Pra frente, Brasil,* de Roberto Farias. Tal decisão custou, inclusive, a demissão do futuro ministro das Relações Exteriores, Celso Amorim, da presidência da Embrafilme, que havia financiado o filme. Em compensação, em 1983, o cinema rendeu a Carlos Manga uma das suas maiores alegrias, com a homenagem prestada pelos organizadores do Festival de Cinema de Gramado, em que recebeu o Kikito Especial, num reconhecimento da classe cinematográfica pelos serviços prestados ao cinema nacional. "Essa homenagem gostaria de ter recebido quando estava em plena atividade como diretor de cinema", disse ele durante a entrevista que concedeu após receber o prêmio. Nessa entrevista, ao ser perguntado se tinha algum plano para o futuro, revelou: "Tenho sim. Voltarei a filmar no ano que vem". Ele não disse, mas a volta ao cinema fora acertada ao aceitar o convite feito por Renato Aragão para dirigir o próximo filme dos Trapalhões, que receberia o título de *Os Trapalhões* e *o Rei do Futebol,* com a participação de Pelé.

A publicidade é que não parava de render prêmios. Em 1984, recebeu mais um Leão de Prata de Cannes – o quarto Leão na carreira – por um comercial para uma empresa carioca fabricante de jeans, além de mais um Prêmio Colunista pelo anúncio denominado "Acredite, o Brasil é de aço". Tantos prêmios recebidos tiveram como resultado uma preferência das agências de publicidade pela Art Rio, o que forçou Carlos Manga a conter tanta procura, pois já havia decidido exatamente o contrário e ser mais rigoroso na seleção das encomendas a serem atendidas.

O que o pessoal da publicidade não sabia era que Manga já estava cansado de acumular tanto trabalho com as atividades de empresário e estava decidido a deixar de lado, agora definitivamente, o comando da Art Rio. "Trabalhar para os outros é melhor", concluiu. E não demorou muito para aparecer uma nova ocupação, com o convite para dirigir a Globotec, a produtora de comerciais do Sistema Globo de Comunicação. Para quem procurava um trabalho que lhe proporcionasse "tranquilidade, amparo técnico e entusiasmo", que, segundo ele, não conseguira nos últimos tempos, seria o emprego ideal. Vida nova no trabalho e em casa, pois a namorada Denise aceitara o seu convite para viverem juntos. Denise, uma moça muito bonita, fonoaudióloga e artista plástica, 29 anos mais nova do que ele, daria a ele em 1992 mais uma filha, Maria Eduarda.

Os Trapalhões e o Rei do Futebol foi exibido em 1986 e foi visto, naquele ano, por 3.616.696 espectadores, um grande sucesso, sem dúvida, que Manga atribuiu aos artistas envolvidos e que sabia nada acrescentar à sua carreira de diretor. "Fiz o filme porque gosto de Renato Aragão", justificava. Sucesso no cinema e sucesso na publicidade, que lhe rendeu vários prêmios, entre eles o Grand Prix e a Lâmpada de Ouro do oitavo Festival Brasileiro de Filme Publicitário, com um comercial da Rio Gráfica para a agência J. W. Thompson. Conquistas assim levaram a Globotec a publicar um anúncio nos jornais, com a fotografia de Manga e com um texto com trocadilhos em torno do nome do seu dirigente: "O trabalho da Globotec com Carlos Manga tem rendido bons frutos. Dos quatro comerciais vencedores na Avaliação Anual 86, do Meio e Mensagem, dois nasceram dessa mesma raiz. Se você também quer sentir como é doce trabalhar com um diretor tão maduro, procure a Globotec. Está provado que, nesta mistura, Manga faz bem". O texto não dizia, mas a vitória de Manga foi sobre 653 concorrentes. Fez muito sucesso também naquele ano um filme comercial que ele dirigiu para o Banco do Estado do Rio de Janeiro, o Banerj, em que todos os personagens, bancários e clientes, eram crianças.

Pelo visto, trabalhar era com Carlos Manga, já que tantos compromissos para a publicidade não o afastaram do trabalho na televisão. Preparava uma minissérie de 20 capítulos para 1987, com um tema em torno dos cassinos cariocas, fechados em 1946 por decreto presidencial. O problema foi que a TV Globo envolveu tanta gente na produção da minissérie que a ideia original de Carlos Manga sofreu imensas modificações. Temperamental como sempre, protestou muito, mas um problema de saúde não permitiu sequer que ele continuasse no trabalho, sendo substituído por Paulo José na direção do programa. Levado por Denise ao médico, foi diagnosticado com um grave problema de circulação nas coronárias, sendo aconselhado, por isso, a procurar o Instituto do Coração, em São Paulo. A perspectiva era a de cirurgia para recorrer à veia safena, mas, ao ser examinado no Incor, os médicos concluíram que o próprio organismo cuidou de se defender, criando outras passagens para o sangue circular, sendo, assim, desnecessária qualquer cirurgia. Quando Denise chegou ao hospital para visitá-lo, encontrou-o, de pijama, na porta, aguardando um táxi para levá-lo à sua casa em São Paulo, no Pacaembu.

Manga começou 1988 atuando numa nova produtora de comerciais, a Tycoon, que tratou de espalhar a notícia no mundo publicitário em anúncio na chamada imprensa escrita. Num deles, dizia o texto que "a Tycoon tem os melhores equipamentos, o melhor estúdio e, agora, o melhor diretor, Carlos Manga. Não falta mais nada". Em outra propaganda, repetiu no texto a fórmula da Globotec, dessa vez não com uma foto de Carlos Manga, mais de uma manga, a fruta: "Tycoon, agora com novo sabor. Carlos Manga é o novo diretor de comerciais exclusivo da Tycoon. Para dar mais sabor às suas ideias, chame a gente".

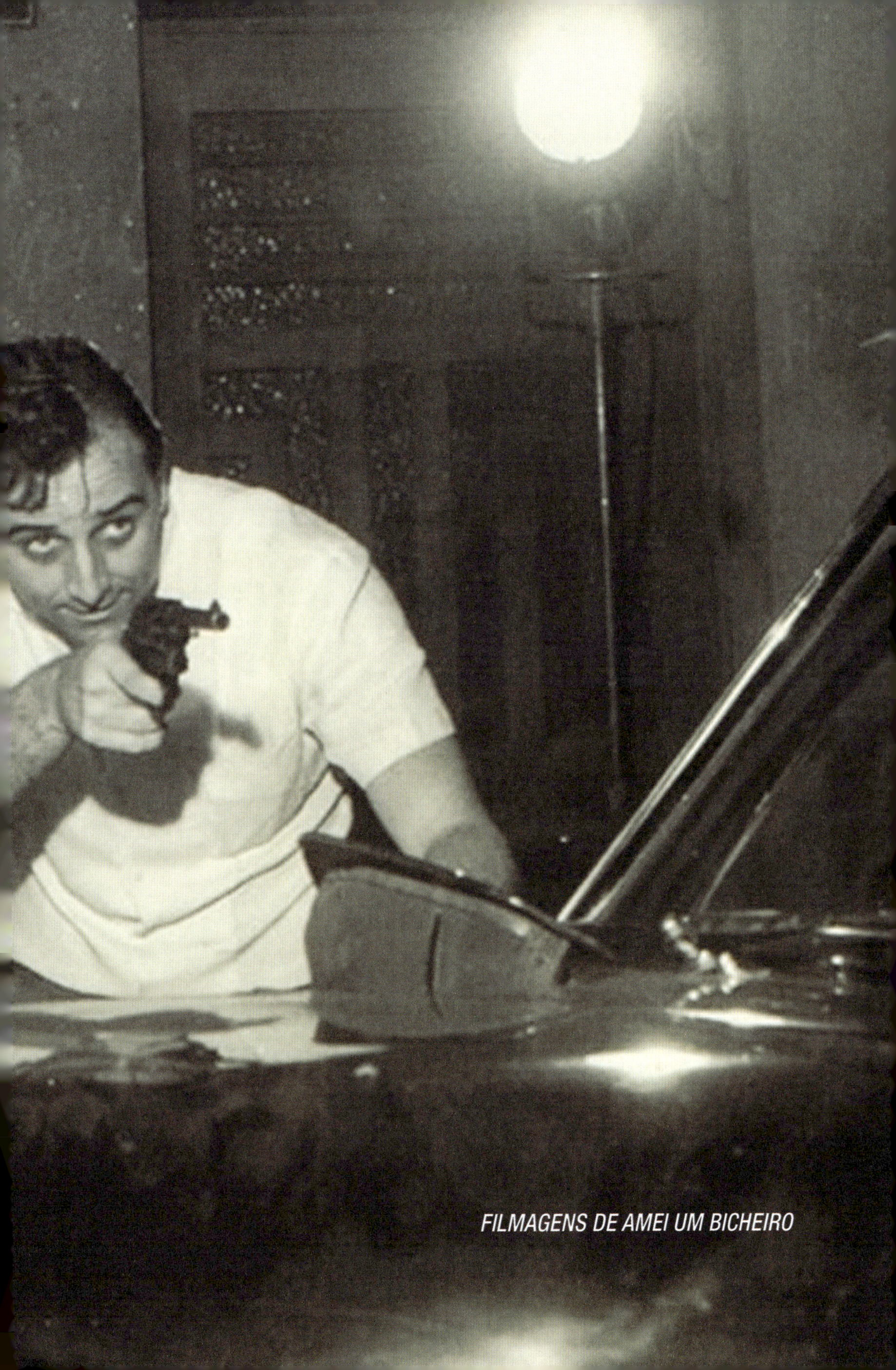

FILMAGENS DE AMEI UM BICHEIRO

Os anúncios da Tycoon foram tão bem-sucedidos que Carlos Manga já pensava em largar a televisão para dedicar-se exclusivamente à publicidade. Como a TV Globo convocou-o para fazer a supervisão geral do novo programa com o casal Glória Menezes e Tarcísio Meira, ele foi logo dizendo que atuaria apenas nos dois primeiros programas, no máximo até o terceiro, indicando o seu substituto, José Carlos Pieri. Mas nem isso ele fez. Preferiu pedir demissão da emissora. E justificou em entrevista a Hildegarde Angel: "Não dava para conciliar. Minhas atividades publicitárias aumentaram muito e os prazos da TV são muito curtos. O início da gravação está previsto para esta segunda-feira e eu queria fazer uma coisa mais calma, com mais esmero, tentando o melhor possível".

Além disso, o destino dado ao seriado sobre o Cassino da Urca foi uma grande decepção. O jornalista Sérgio Augusto, depois de ver os cinco primeiros capítulos, escreveu na *Folha de S. Paulo* que o programa começou mal: "Ao final do quinto capítulo, tudo continuava na mesma: os atores conflitando com os personagens e estes conflitando com o resto, principalmente com o Brasil de 1939". Estranhou, porque achava que, "a julgar pelo projeto original de Carlos Manga, de que tomei conhecimento dois anos atrás, 'A, E, I, O, Urca' tinha quase tudo para dar certo". A fraca audiência, a menor no horário em que eram exibidas as minisséries, não permitia nem os responsáveis pelo programa alegar que a "crítica não gostou, mas o povo aprovou", como era hábito defender-se na televisão.

Portanto, ao desligar-se da TV Globo e dedicar-se exclusivamente à publicidade, Manga procurava uma nova vida também no trabalho, já que uma nova vida também começava com a casa hollywoodiana que construíra na Barra da Tijuca, num grande espaço destinado à instalação de um condomínio, em que foi um dos primeiros a adquirir um terreno. O pioneirismo deu-lhe autoridade para escolher os nomes das ruas do Condomínio Malibu, todas elas homenageando artistas falecidos. A rua em que passou a morar ganhou o nome de Dick Farney.

Em 1991, depois de retirar a vesícula no Hospital Samaritano (o cirurgião foi Celso Portella), voltou à TV Globo, três anos após a sua saída da emissora, graças ao convite do velho amigo (dos tempos da TV Rio) Mário Lúcio Vaz. O convite, para substituir o próprio Mário Lúcio na direção de controle do Centro Globo de Produção, chegou num momento em que Carlos Manga já não tinha qualquer entusiasmo pelo trabalho na publicidade. Depois de fazer, segundo os seus cálculos, cerca de dois mil filmes comerciais, entrou em estado de tédio nas relações com o mundo publicitário. Pensava até em jogar fora todos os prêmios recebidos e revelou a razão: "Premiaram tantos comerciais vagabundos que não tenho o menor orgulho por ter sido premiado", citando, em seguida, a frase famosa de Grouxo Marx para afastar-se da publicidade: "Não entro em clube que me aceita como sócio".

Em outubro de 1991, numa das suas primeiras reuniões de criação da TV Globo, revelou a ideia de uma minissérie baseada no livro Agosto, de Rubem Fonseca, uma obra baseada na crise política de 1954, que resultou no suicídio do presidente Getúlio Vargas. Manga lia muito, na época, os livros de Rubem Fonseca e pensava, inclusive, numa outra minissérie com a história contada no romance *Bufo Spallanzani*. Outra ideia era um programa especial sobre a vida da atriz Dercy Gonçalves. Também estavam em seus planos minisséries baseadas em obras como *Madona do Cedro*, de Antônio Calado, e vários livros de Jorge Amado. Como se vê, a TV Globo passou a ocupar um papel importante em sua vida profissional, até porque, a partir do início de 1992, um dos seus colegas de trabalho era o próprio filho, Carlos Manga Júnior, que aceitara o convite para dirigir a novela das 19 horas, "Despedida de solteiro" e, no fim daquele ano, Paula Manga, sua filha, seria convidada por Sílvio de Abreu para representar a vilã Elvira, na telenovela "Deus nos acuda". Paula estudara teatro em Los Angeles, onde residiu durante quatro anos. Mas o que levou Sílvio de Abreu a convidá-la foi o seu desempenho como atriz no espetáculo *The Human Voice*, de Jean Cocteau, encenado em Los Angeles. Quando Paula foi convidada a fazer o teste para a telenovela, Carlos Manga correu para o banheiro para chorar.

As boas notícias em relação à filha Paula e ao filho Manguinha serviram também para amenizar as péssimas notícias da filha mais velha, Kátia, que, numa discussão com um homem, um policial com quem vivia, depois de consumirem várias garrafas de bebidas, assassinou-o com um tiro. E, anos depois, com muitos problemas de saúde, era ela que morria.

Vida que segue, pois a TV Globo não deixava Carlos Manga passar um dia sem tarefa para a emissora. No fim de 1992, coube a ele assumir a direção-geral das gravações das mensagens de fim de ano, que, naquele ano, teve como tema uma homenagem aos trabalhadores brasileiros. A direção das mensagens – que, segundo Manga, era "um documentário das profissões" – ficou por conta de Denise Saraceni, cujo talento como diretora mereceu grande admiração dele. As mensagens fizeram sucesso, até porque os atores famosos da emissora apareciam desempenhando as mais variadas profissões: Xuxa empilhava tijolos, Adriana Esteves era balconista de uma grande loja, Maurício Mattar era engraxate, Victor Fasano vendia laranjas etc.

Manga estreou como diretor artístico das minisséries da Globo com a gravação da minissérie *Agosto*, que recebeu dele o tratamento cinematográfico e com o máximo de cuidado que a televisão permitia. Uma cena em que o ator Marcos Winter, que fazia o personagem Cláudio Aguiar, caía sobre um automóvel, levou, segundo o próprio Manga, um mês de trabalho, até chegar ao efeito correto. "Foi um trabalho de puro artesanato, além de muita paciência e experimentação. E nem na Globo temos técnicos especializados nesse tipo de coisa", disse ele. Num texto para a *Folha de S. Paulo*, Sérgio Augusto afirmou que Agosto foi muito mais cinema do que televisão.

A adaptação da obra de Rubem Fonseca para a televisão foi feita por Jorge Furtado e por Giba Assis Brasil e os 16 capítulos da minissérie foram dirigidos por Paulo José, Denise Saraceni e José Henrique Fonseca (cineasta e filho do escritor Rubem Fonseca), sempre com a supervisão de Carlos Manga. O elenco contou com um total de 136 atores e figurantes, tendo nos principais papéis os atores José Mayer, Vera Fischer, Letícia Sabatella, José Wilker, Carlos Vereza, Lima Duarte e Tony Tornado, este com um excelente desempenho no papel de Gregório Fortunato, o chefe da guarda especial de Getúlio Vargas.

A TV Globo enfrentou algumas dificuldades para colocar a minissérie no ar, por pressões de personagens envolvidas nos acontecimentos de agosto de 1954 ou por parentes, amigos ou correligionários daqueles personagens.

Marcada para o dia 23 de agosto de 1993, a estreia quase deixou de ocorrer naquele dia por causa de uma liminar concedida a uma ação cautelar impetrada pelo mestre de obras Alcino João do Nascimento contra a exibição de *Agosto*. Um dos acusados pelo atentado contra o jornalista Carlos Lacerda, que resultou na morte do major da Aeronáutica Rubens Florentino Vaz, além de um ferimento no pé do jornalista, Alcino alegou que já havia pago pelo crime e não queria se ver na televisão como um matador de aluguel. Passou 21 anos e oito meses na prisão e, naquele momento, aos 71 anos de idade, sobrevivia com dificuldades trabalhando como mestre de obras e morando numa casa muito modesta, localizada num dos bairros mais humildes de Nova Iguaçu. Casara-se com uma mulher conquistada por ele quando ainda estava preso, graças à utilização de um "correio sentimental" de uma revista feminina. O casamento resultou num filho.

Mais um sucesso para a biografia de Carlos Manga. O capítulo transmitido em 24 de agosto, aniversário da morte de Getúlio Vargas, bateu o recorde de audiência do horário (quase meia-noite), com 31 pontos na pesquisa do Instituto Brasileiro de Opinião Pública e Estatística, o IBOPE. Durante a apresentação de *Agosto*, Manga recebeu um telegrama da cineasta Tizuka Yamazaki: "*Agosto*, que elegância. Parece cinema. Bem realizada, bem produzida, bonita, intrigante e emocionante. Quando termina o capítulo, fica o desejo de querer mais. Parabéns a você e a toda equipe".

A segunda minissérie, *A Madona de Cedro*, apresentada em abril e maio, não repetiu o sucesso de Agosto. A adaptação do livro de Antônio Callado para a televisão foi feita por Walter Negrão, que, no livro *As histórias da teledramaturgia*, deu a sua versão para o mau resultado: "A história se passava em Ouro Preto ou Mariana, Minas Gerais, e tinha uns personagens muito ingênuos do início da década de 1950. Carlos Manga quis mudar para 1960 para usar o Beco das Garrafas e a trilha sonora da Bossa Nova. Com isso, os personagens ficaram um pouco imbecilizados. Na década de 1960, estávamos no auge do movimento hippie, e aquele sujeito ingênuo da história não se encaixava nessa época. A minissérie deveria ter 40 capítulos e acabou ficando com oito. Para ser sincero, nem assisti".

Na terceira minissérie, porém, não houve maiores divergências e o sucesso superou o de Agosto: 41 pontos no IBOPE. Dessa vez, Manga, que lia os romances brasileiros, uns atrás dos outros, em busca de temas para as minisséries, escolheu o último romance de Raquel de Queiroz, *Memorial de Maria Moura*, que contava a história de uma mulher que, em pleno século XIX, insurgiu-se contra a submissão feminina. O papel principal foi entregue à atriz Glória Pires, cujo desempenho é considerado um dos melhores já apresentados na televisão brasileira. A adaptação para a TV foi feita por Jorge Furtado e Glênio Póvoas. Apresentada em 24 capítulos, a minissérie teve a direção-geral de Carlos Manga e contou com mais quatro diretores: Denise Saraceni, Mauro Mendonça Filho, Marcelo de Barreto e Roberto Farias.

A obra rendeu mensagens enviadas por Xuxa, Agildo Ribeiro, Geraldo Casé e Ariclê Perez, além de Anselmo Duarte, que escreveu: "Ao dinâmico *condotiére* Carlos Manga, ao bom diretor Roberto Farias, à genial Glória Pires, aos excelentes fotógrafos, operadores de câmera, equipe e extraordinários artistas intérpretes. Queiram aceitar os meus mais efusivos cumprimentos pela realização da melhor e mais importante obra cinematográfica já realizada pela televisão brasileira, *Memorial de Maria Moura*. Abraços fraternos".

Seria difícil encontrar, em maio e junho de 1994, uma revista ou um jornal do eixo Rio-São Paulo que não tivesse alguma matéria sobre Carlos Manga. Ele estava na moda. Sua foto foi capa da edição carioca da *Veja*, que dedicou a ele um texto escrito pelo jornalista Alfredo Ribeiro, apresentando-o como o "profissional mais criativo da história do audiovisual brasileiro". Ouvido pela revista, Manga confessou: "Jamais imaginei que viveria um momento de clímax na minha carreira". Alguns companheiros dele da TV Globo foram convidados para falar sobre o seu trabalho e Paulo José disse que "ele subverteu a rotina do esquema de produção em televisão, com exigências artísticas antes inconcebíveis". Guel Arraes, o diretor das telenovelas e dos programas de shows, revelou que começou a fazer cinema como Glauber Rocha, mas acabou se inspirando "nos filmes de Carlos Manga". Gilberto Braga, o famoso autor das telenovelas, assegurou que, se fosse da geração dele, teria sido seu colega na Atlântida, mesmo contra a opinião da elite cultural. E Chico Anysio preferiu destacar dois aspectos da vida pessoal do velho amigo: "Quando ele gosta de alguém, ama; quando não gosta, odeia. Ele é capaz de tomar quatro garrafas de uísque e um pote de pimenta, sem se alterar".

Já que estava na moda, submeteu-se ao *Jornal do Brasil* para apresentar-se no "Perfil do Consumidor", quando revelou a sua preferência pelo perfume "Captain", pelo desodorante Nívea, pela cueca Zorba "bem apertadinha", pelos restaurantes Azurra, In Boca e Antiquarius, pelos escritores Rubem Fonseca, Raquel de Queiroz, Érico Veríssimo, Antônio Callado, Nelson Rodrigues e Jorge Amado, pelos diretores de cinema John Ford, Federico Fellini e Oliver Stone, pelos atores José Mayer, Paulo Betti, Elias Gleiser, Carlos Vereza, Paulo Goulart e Marco Palmeira e pelas atrizes Glória Pires, Eva Wilma, Marília Pêra, Fernanda Montenegro, Regina Duarte, Malu Mader, Cláudia Abreu e Bia Seidt. Um homem inteligente? Chico Anysio. Pratos prediletos: feijoada, um bom prato italiano e bacalhoada. O lugar mais esquisito onde fez amor foi numa praia no Taiti: "Eu, minha mulher e Deus".

Planos para novas minisséries não faltavam: as biografias de Santos Dumont e do compositor Custódio Mesquita, os romances *Velhos Marinheiros*, de Jorge Amado (pensava em Antônio Fagundes para o papel principal), e *Mar Morto*, do mesmo autor. *Velhos Marinheiros*, por sinal, continha a única história que faria Manga voltar a fazer cinema. "Infelizmente, os direitos de filmagem foram comprados por Antony Quinn, que não ata nem desata." As gravações é que não paravam, pois Nelson Nadotti e Charles Peixoto já haviam concluído o texto com a adaptação para TV do romance *Incidente em Antares*, de Érico Veríssimo, e o cenógrafo Keller Veiga dava os últimos retoques para a instalação, em Jacarepaguá, da cidade cenográfica que tentava reproduzir Antares, lugar inventado por Érico Veríssimo.

A minissérie entrou no ar no dia 5 de setembro de 1994 e foi até o dia 22 daquele mês, com um elenco digno de uma superprodução, formado por, entre outros, Fernanda Montenegro, Paulo Goulart, Paulo Betti, Diogo Vilela, Cláudio Correia e Castro, Gianfrancesco Guarnieri, Alexandre Borges e Mauro Mendonça. Em Incidente em Antares, a direção-geral foi de Paulo José, ficando Carlos Manga com a direção artística.

Foi uma minissérie bem recebida, mas, em matéria de repercussão, não atingiu o nível obtido pela que viria a seguir, *Engraçadinha, seus amores, seus pecados*, baseada na obra de Nelson Rodrigues, apresentada entre os dias 25 de abril e 26 de maio de 1995. Uma semana antes da estreia, dias depois de receber com Denise Saraceni o Certificado do Mérito Golden Gate Award, no Festival Internacional de Filmes de São Francisco, foi parar no Hospital Samaritano, por causa de um desses acidentes que, segundo Manga, somente acontecem com ele: um espirro foi suficiente para enfrentar uma fratura na ponta de uma costela e o deslocamento de uma cartilagem. No hospital, os exames acusaram taxas de açúcar muito altas no sangue e uma infecção no pulmão. Por determinação médica, passou alguns dias em casa, de repouso.

Na apresentação do primeiro capítulo de *Engraçadinha*, Manga já estava em casa, rodeado de amigos. Para sua alegria, não só a minissérie foi bem recebida, como também o foram as duas atrizes que interpretaram a protagonista. A atriz Alessandra Negrini estreou na televisão fazendo o papel de *Engraçadinha*, quando mais nova. A escolha da atriz de *Engraçadinha* madura provocou muitos debates, porque Denise Saraceni convidara Cláudia Raia, com o apoio de Paulo José. Carlos Manga achou um absurdo: "Além de jovem para o papel, é uma atriz bem mais indicada para papéis mais leves, de preferência com humor. Além disso, as mulheres de Nelson Rodrigues são suburbanas, uma característica que passa a quilômetros de Cláudia Raia", argumentava Manga. Tal posição durou até assistir ao teste da atriz: "Minha impressão é que ninguém no Brasil faria uma *Engraçadinha* tão maravilhosa quanto essa de Cláudia Raia", concluiu ele. De fato, Cláudia Raia se encaixou com absoluta perfeição na personagem e seu desempenho mereceria ser colocado em destaque numa antologia dos melhores momentos das minisséries.

Foram poucas restrições da imprensa à *Engraçadinha*. Telmo Martino, no O Globo, considerou a minissérie "um marco na história da Rede Globo e da televisão brasileira em 1995". Marcelo Ambrósio, no *Jornal do Brasil*, foi mais longe: considerou a minissérie "a melhor programação em 30 anos da Globo". A Veja lembrou que, "por trás e à frente de toda essa ousadia está o velho lobo das chanchadas da Atlântida, Carlos Manga". Já Gabriel Priolli, no *Jornal da*

Tarde, achou que o que estava no ar era "um produto interessante", mas com um Nelson Rodrigues "lavado, penteado e escovado".

De qualquer maneira, o sucesso de *Engraçadinha* fez Carlos Manga novamente ser muito procurado pelos jornalistas, até para fornecer as receitas dos pratos que gostava de cozinhar. Um dos segredos que revelou foi a do tempero para salada verde: quatro gotas de conhaque. Outro foi a receita do "Arroz do Manga": meio quilo de arroz, meia cebola grande ralada, sal, azeite, óleo a gosto, um pedaço de toucinho defumado. Lave bem o arroz e coloque numa panela com água até um dedo acima do arroz. Pique o toucinho e leve a uma frigideira. Depois de frito, coloque o toucinho no arroz. Adicione um pouco de vinho branco e tampe a panela. Deixe curtir por três horas até inchar e depois abaixe. Não refogue o arroz.

Depois de prestar depoimento para a posteridade ao Museu da Imagem e do Som (os entrevistadores foram Tizuka Yamazaki, Suzana Shild, Eduardo Escorel, o pesquisador da Atlântida Eduardo Tiffoni, José Lewgoy e Chico Anysio), em julho de 1995, Manga fez para a *Folha de S. Paulo* uma comparação entre a Atlântida e a TV Globo: "A Globo é a minha nova Atlântida, só que com muito mais recursos e um padrão de qualidade forçado pela necessidade de competir internacionalmente. As minisséries são como os filmes de longa-metragem. Mas é claro que sinto uma saudade danada do cinema".

Saudade que seria compensada, dias depois da entrevista, com a homenagem (a segunda recebida lá) do 23º Festival de Gramado, concedendo-lhe nada menos do que o Troféu Oscarito, numa noite de grandes emoções, a partir da sua chegada no Cine Embaixador, onde foi recebido com aplausos. Mas os maiores aplausos vieram quando foi chamado ao palco do Palácio dos Festivais. Foram alguns minutos de palmas que pareciam não acabar para Manga, como ele próprio confessou: "Eu e José Lewgoy somos os únicos vivos do grupo que fazia a Atlântida e coube a mim receber este prêmio em vida. Naqueles minutos intermináveis de aplausos em pé, a impressão foi de uma hora de aplausos. Mas eles não foram dirigidos apenas para Carlos Manga. Foi endereçado ao cinema, a uma década de filmes de muito sucesso e a todas as pessoas maravilhosas que estiveram comigo naqueles anos".

Na noite de 5 de setembro de 1995, a TV Globo estreou *Decadência*, mais uma minissérie em que Carlos Manga figurava como diretor artístico (a direção-geral foi de Roberto Farias). Escrita por Dias Gomes e tendo Édson Celulari como protagonista, no papel de Mariel Batista, um pastor que ficou milionário com a criação de uma religião denominada Templo da Divina Chama, *Decadência* fez sucesso, mas provocou uma forte reação da TV Record, que saiu em defesa da Igreja Universal do Reino de Deus, cujo líder, Edir Macedo, considerou que a minissérie referia-se a ele e a sua igreja. E parecia referir-se mesmo, pois o ator Édson Celulari frequentou, como fiel, a Igreja Universal, para acompanhar o desempenho dos pastores, e o cientista social Alexandre Brasil Fonseca, da Universidade Federal do Rio de Janeiro, descobriu que Dias Gomes colocou na boca do personagem Mariel Batista frases inteiras de uma entrevista concedida por Edir Macedo à revista Veja. Dias Gomes defendeu-se afirmando que utilizou "chavões que todos usam". Diante disso, a TV Record resolveu sair para a guerra contra a Igreja Católica e passou a exibir, dividido em capítulos, *Os meninos de S. Vicente*, um filme de 1992, de John Smith, que conta a história verídica de um orfanato dirigido pela Ordem dos Padres de Todos os Santos, instituição católica, em que os meninos foram violentados pelos padres.

TV dc condomínio e a TV de profissionais ("a Globo é dirigida por profissionais", disse), anunciou que pretendia viajar para a Europa para estudar, aperfeiçoar-se, ler, conversar com os grandes roteiristas, "porque acho que nosso grande problema está no roteiro".

Para não ser tentado a gastar, de uma vez, todo o dinheiro da indenização da Record, Carlos Manga fez um acordo com a emissora para parcelar a dívida, de maneira a receber uma quantia mensal suficiente para mantê-lo durante muitos meses na Europa. Resolvido o problema do dinheiro, pegou a mulher, os filhos e uma professora encarregada de dar aulas para as crianças e deu início à viagem, decidido a permanecer na Itália. Antes de chegar lá, visitou outros países, começando pela Holanda. "Nos três primeiros meses, praticamente vivemos dentro do carro", lembrou Manga.

Concluído o périplo europeu, instalou-se num apartamento em Roma, matriculou as crianças numa escola de arte e partiu para a elaboração de um roteiro de filme, que pretendia mostrar a cineastas italianos, a fim de recolher críticas e comentários que o ajudassem a colaborar com os roteiristas brasileiros, pois insistia que o Brasil seria uma potência em matéria de cinema se os brasileiros soubessem fazer roteiros. A protagonista do seu roteiro era uma das mais fascinantes entidades da Umbanda, a Pomba Gira, também conhecida como a Exu feminina. Tratava-se, portanto, de uma história bem brasileira. Mas não foi exatamente a história que chamou a atenção do proprietário do apartamento, que Manga recebia em casa para efetuar o pagamento do aluguel, mas o fato de trabalhar num roteiro cinematográfico.

— Você faz cinema? – perguntou o senhorio.

A resposta do inquilino foi a de que já havia realizado 25 filmes (na verdade, foram 21). Depois de uma rápida conversa em que Carlos Manga falou do seu trabalho no Brasil, o italiano perguntou se ele gostava de Federico Fellini, o que rendeu uma longa resposta do brasileiro, que, àquela altura, tinha Fellini como o seu cineasta preferido.

— Então, vem comigo até a Cinecittà que vou apresentá-lo a ele. Ele está filmando, mas vai nos receber – prometeu o italiano.

Sem acreditar muito no que ouvia do dono do apartamento em que morava, Manga embarcou no carro dele e somente começou a acreditar quando o carro ultrapassou o portão da Cinecittà, mediante um simples cumprimento com as mãos do visitante, em vez de ser submetido a várias perguntas e de exibir seus documentos, como ouvira falar, desde o momento em que revelou a intenção de conhecer os famosos estúdios do cinema italiano. Contou Manga que foram até o local onde Fellini filmava e, logo na chegada, não teve qualquer dúvida de que os dois eram realmente amigos. Abraçaram-se carinhosamente e disseram que era uma amizade que vinha "desde o tempo do pão e manteiga". Manga ficou impressionado com a altura do cineasta italiano. Era mais alto do que ele. Depois da recepção ao amigo, Fellini dirigiu-se ao brasileiro:

— Ele está me dizendo que você fez 25 filmes. Como foi isso?

CARLOS MANGA COM JOSÉ LEWGOY E FADA SANTORO

OSCARITO E CARLOS MANGA

Manga deu uma breve explicação e informou que pretendia realizar um filme na Itália, mas Fellini se encarregou de desiludi-lo:

— É melhor desistir, porque o pessoal daqui não deixa ninguém de fora entrar. Você terá muita dificuldade para filmar na Itália.

Em seguida, o grande cineasta o convidou para acompanhá-lo nas filmagens. Graças ao convite, o brasileiro foi testemunha da elaboração de um dos grandes clássicos da cinematografia universal, o filme Amacord. Fellini trabalhava, sem deixar de dar atenção a Manga, a quem passava algumas dicas do seu método de dirigir. Foi assim que o brasileiro aprendeu que a direção de um filme começa antes da chegada do elenco ao estúdio, para o diretor conversar com os atores e "preparar o clima". Antes da filmagem de uma cena romântica, ele mandava flores para a atriz. "Eu o via conversar, a um metro de distância, com o ator ou a atriz, sem que eu percebesse o que falava. Ele tinha uma técnica incrível de falar baixo", recordou Manga, repetindo a sua surpresa com a altura de Fellini: "As fotografias dele não davam a impressão de que ele fosse tão alto. Aliás, que homem bonito era o Fellini!".

Quando a temporada na Itália chegou ao fim, Carlos Manga pegou um táxi para embarcar para o Brasil e, no caminho, passou por uma praça cheia de gente que olhava para o alto. Abriu o vidro do carro e viu que quem atraía tantos olhares era Federico Fellini filmando em cima de uma grua. Ao colocar a cabeça de fora da janela para ver melhor, ouviu um grito lá de cima:

— Mango!

Emocionado com a lembrança, comentou:

— Isso não tem preço.

A viagem de volta não foi das mais agradáveis, pela impossibilidade de fazer qualquer despesa extra, já que o seu dinheiro chegara ao fim. Não totalmente, porque uma boa parte da indenização da Record ficou no banco, como reserva para a compra de um apartamento ou mesmo para a produção de um filme. Viajou também preocupado com a solução de um problema de moradia no Brasil, sabendo que a casa de praia que possuía no Guarujá ficava muito distante dos seus possíveis locais de trabalho. Manga e sua família foram recebidos no porto pelo produtor cinematográfico Oswaldo Massaíni, que, gentilmente, acolheu a família em seu apartamento e ofereceu um tratamento que chegava a comover o hóspede. "Todas as noites, a mulher de Massaíni deixava uma montanha de frutas para minha família", recordou Manga.

Na verdade, ele voltou ao Brasil com a missão de dirigir o filme A super fêmea, com Vera Fischer, segundo revelou Sílvio de Abreu, na entrevista para o livro Histórias da Teledramaturgia, editado pela Globo. O roteiro seria de Lauro César Muniz e Adriano Stuart, e Sílvio seria assistente. "Não me lembro direito porque Manga desistiu da direção, mas, sabendo que eu ficaria desempregado, pediu ao produtor para me dar um papel no filme. Mesmo sem querer trabalhar como ator, aceitei", recordou Sílvio de Abreu, lembrando da importância de ter concordado com o papel de ator: "Acabei me entrosando com o pessoal do cinema. Por ter o aval de Manga, comecei a conquistar espaço na Boca do Lixo, onde se fazia cinema em São Paulo. Apareceram na Boca do Lixo dois rapazes, Lincoln Lafayete Silveira Bueno e Decio Garcia Nascimento, querendo abrir uma produtora de cinema. Procuraram Aníbal Massaíni, que aconselhou: 'A primeira coisa é um roteiro'. Mas eles não sabiam como conseguir um roteiro, só tinham o dinheiro. Um estava com 18 anos e o outro com 19, e vinham de São José do Rio Preto. Massaíni deu três nomes: Lauro César Muniz, Adriano Stuart e Sílvio de Abreu, que nunca havia escrito um roteiro. Lauro e Adriano nem os receberam e eles acabaram me procurando. Disse a eles que não sabia escrever roteiro, que nunca havia escrito, mas, como insistiram, ofereci-me para escrever uma sinopse, embora não me achasse capaz de escrever uma história".

A solução encontrada por Sílvio de Abreu foi procurar Carlos Manga, que sabia estar desempregado, com a proposta de divisão do trabalho e do dinheiro. A sinopse saiu, graças à participação de Manga e os jovens produtores adoraram. Sendo assim, Sílvio perguntou a ele se toparia fazerem o roteiro juntos, o que foi aceito por Manga, manifestando o desejo de também dirigir o filme, que recebeu o título de Gente que transa. Depois de trabalharem cerca de cinco meses na elaboração do roteiro, com produção levantada, atores convidados (Carlos Eduardo Dolabella, José Lewgoy, Adriano Reys e Elke Maravilha, entre outros), Manga brigou com os produtores e não quis mais fazer o filme. A direção foi entregue ao próprio Sílvio de Abreu e, para sua alegria, o filme obteve uma das melhores bilheterias do ano para uma produção brasileira e foi marcante por ter proporcionado a ele o início da sua carreira de roteirista e de diretor de cinema.

Já Carlos Manga, aos 46 anos, mergulhou num projeto criado a partir de uma ideia de Inalda: um filme com argumento baseado na tragédia do bandido conhecido como Carne Seca, cujas façanhas ocuparam as manchetes dos jornais na década de 1950. Uma reportagem lida por Inalda contava que Carne Seca adorava tanto as crianças que, quando teve uma filha, decidiu abandonar os crimes, mas, pouco depois, soube pela própria mulher que ele não era o pai da criança. Seria a primeira obra de Manga sem qualquer apelo à comédia, depois de mais de dez anos afastado do cinema. A parte da indenização da TV Record guardada no banco foi inteiramente aplicada no filme, cuja produção foi entregue à Cinedistri, que concorreu com a maior parte dos investimentos, em sociedade com a empresa Carlos Manga Produções Cinematográficas.

O roteiro ficou por conta de Dias Gomes, pela sua experiência como autor teatral e criador de novelas de rádio e de televisão, mas o trabalho não deixou o diretor e produtor muito satisfeito. Depois de muita conversa e muitas modificações no roteiro, os diálogos foram entregues a Lauro César Muniz, tarefa que executou magnificamente bem. Na composição do elenco, Manga surpreendeu com uma decisão extremamente audaciosa na época, ao convidar Tarcísio Meira para fazer o papel do bandido que, no filme, ganhou o nome de Valdo. Ninguém imaginaria ver o galã das novelas de TV, bonito, sempre cercado por belas mulheres e distante dos conflitos de alguma gravidade, matando gente e participando de tiroteios. A atuação de Tarcísio foi elogiadíssima, como a demonstrar que seu talento ia muito além dos limites impostos pelas novelas. No filme, que recebeu o título de O Marginal, ele amava Leina, papel desempenhado pela sensual Darlene Glória. O filme, aliás, marcou a despedida dela das atividades artísticas e uma mudança radical de vida. "Fumei maconha, cheirei cocaína e tomei ácido. Mas Cristo me recebeu de braços abertos." Também participaram do filme, entre outros, Vera Gimenez, Carlos Kroeber, Ednei Giovenazi, Francisco Di Franco, Ruthineia de Morais e Maurício do Vale. A canção tema do filme, interpretada por Wilson Miranda, foi composta pela dupla Roberto e Erasmo Carlos e quem fotografou foi Oswaldo de Oliveira, o Carcaça. Sílvio de Abreu atuou como assistente da direção. O cuidado era tanto que, impressionado com a cena em que, em O Poderoso Chefão, de Francis Ford Coppola, o personagem Santino Corleone é assassinado, Manga tratou de contratar Edward Drohan, da Special Effects Unlimited, o norte-americano responsável pelas cenas que mostravam as balas se alojando nos corpos das vítimas. Preocupava-se especialmente com a morte do personagem de Tarcísio Meira. O responsável pela maquiagem foi Victor Merinow, que havia trabalhado na Vera Cruz e que, ao ser convidado por Manga, era o responsável pelo setor de maquiagem da NBC Television, de Nova York. O Marginal foi dedicado a Oscarito, "o símbolo do cinema brasileiro".

"Trabalhei com carinho e dei duro para fazer esse filme. Foi um filme profissionalmente sério, ao qual dediquei todas as minhas forças. Gastei oito meses da minha vida naquilo", disse Carlos Manga, compensado com a aprovação da crítica, do público e com a saudação, publicada em quase todos os jornais do país pela Atlântida Cinematográfica, "pela sua volta à direção cinematográfica". Após citar os nomes de todos os filmes feitos anteriormente por ele, a Atlântida manifestou o desejo de que obtenha "o merecido sucesso" com o filme O Marginal.

O Jornal do Brasil dedicou uma página inteira aos textos sobre o filme, escritos pelos principais críticos de cinema do jornal. Ely Azeredo optou por fazer um paralelo do trabalho do diretor no filme com o seu tempo de Atlântida: "Manga trabalhou pacientemente sobre o receituário básico do estúdio – que vivia basicamente da popularidade de Oscarito – durante uma década, até cansar. E não era para menos. Antes de abandonar o cinema, tentou, com As Sete Evas, dar uma pitada de sofisticação à comédia, mas o resultado foi menos feliz que a média das suas chanchadas. De As Sete Evas, 1961, a O Marginal, os anos de ausência permitiram-lhe acumular na televisão uma experiência de planejador e de expert em diversas facetas do espetáculo que, agora, apresenta na tela. Os supersticiosos não podem encontrar a explicação para a contagem de 13 anos, que vai da deserção (mais do que justa) ao reengajamento (auspicioso): O Marginal é inquestionavelmente um bom filme e abre para o cineasta, agora também produtor, uma receptividade muito propícia ao futuro das sementes que ele não sabia onde plantar nos tempos da Atlântida".

José Carlos Avelar, por sua vez, analisou o filme, sob o ponto de vista técnico: "Os planos se ligam por rimas internas, por afinidades de luz ou de som. Em lugar dos acontecimentos em ordem cronológica, temos uma associação indireta, ora impulsionada por um mecanismo semelhante ao da memória, ora por um brinquedo simples de semelhanças visuais. Uma imagem leva à outra com o mesmo colorido. Uma palavra ou um som lembra um ruído idêntico. (...) O Marginal procura reunir as soluções mais felizes, isto é, as formas que mais se relacionam com o público e, por isto mesmo, não despreza as lições da televisão, que vão além da presença de Tarcísio Meira no papel central. A trilha sonora é variada e desigual como o fundo musical das telenovelas, os personagens e os acontecimentos são explicados de forma simples, em parte de acordo com o senso comum, em parte de acordo com as leis próprias do espetáculo cinematográfico".

No jornal O Globo, que exibiu o bonequinho sentado mas aplaudindo, que pode ser traduzido para "muito bom", o crítico Fernando Ferreira acentuou que "Carlos Manga não fazia cinema desde 1961, mas é verdade que, de lá para cá, assimilou muita coisa do que viu e aprimorou seu gosto da mise-en-scéne elaborada. Ele retorna em boa forma". Já Luís Alípio de Barros, na Última Hora, escreveu que o filme era "o tipo do programa que pode ser visto sem receio de arrependimento". Não seria exagero afirmar que valeu quase como uma consagração o texto do ator José Lewgoy, famoso entre os amigos pela dificuldade que encontrava para elogiar qualquer obra de quem quer que fosse. No entanto, O Marginal mereceu dele o seguinte comentário, publicado no Pasquim: "Na sua volta ao cinema, Manga acertou em cheio num gênero em que, desde Amei um Bicheiro, o cinema brasileiro vem quebrando a cara. E, trazendo de volta ao cinema Tarcísio Meira, fica preenchido o vazio deixado por Anselmo Duarte e Cyll Farney". Jean-Claude Bernardet, no semanário Opinião, ficou com uma opinião dividida. De um lado, aprovou o filme "pela marca do seu diretor, que sempre se empenhou em fazer filmes cuidados, apresentar trabalhos artesanalmente limpos, o que podemos chamar as qualidades de um filme feito em esquema artesanal". Depois, vieram as restrições: "A desorientação em relação à segurança da fase Atlântida sente-se no roteiro e na direção, que apelam um pouco para tudo. O Marginal oscila entre o filme policial e o psicológico, passa por Fellini numa sequência num bordel e pelo velho musical numa paródia de Carmen Miranda. E não se define nem de um jeito nem do outro".

Concluídas as filmagens, Carlos Manga partiu para a batalha da exibição, o que contribuiu para um estado de revolta que se manteve pela vida toda. Com os exibidores, estabeleceu um acordo para deixar o filme em cartaz enquanto rendesse uma bilheteria superior a setenta mil cruzeiros por semana, bem mais do que rendia a média dos filmes nacionais e estrangeiros. De fato, os exibidores mantiveram o acordo até que o proprietário da principal casa em que o filme era exibido, o Ipiranga, de São Paulo, telefonou para ele confessando que teria de retirar O Marginal, apesar de receber um público de cento e vinte mil pessoas, por pressão da Warner's. "Foi aí que me convenci de que, no Brasil, você ainda não tem o direito de exibir seu filme na sua casa, pois sua casa não lhe pertence, pertence à Warner's, à distribuidora CIC, ao Harry Stone, ao diabo!"

Em conversa com o diretor Bruno Barreto, ficou sabendo que o filme Dona Flor e seus Dois Maridos, responsável pela maior bilheteria do cinema brasileiro em todos os tempos, teve de ser retirado do mesmo Ipiranga, quando rendia trezentos e vinte mil cruzeiros por semana. Manga desabafou: "Você faz um produto com uma dificuldade terrível, sabendo que será muito difícil recuperar o dinheiro para pagar as suas dívidas. E não consegue exibir seu filme, mesmo quando ele rende bem, para dar lugar a um filme estrangeiro. A solução é não fazer cinema. Nós é que não temos vergonha e deixamos os norte-americanos tomarem o que é nosso. Temos de defender o nosso cinema". Ele tinha uma sugestão para essa defesa: "Bastaria fazer o que se faz com outros ramos da indústria. Se você pudesse comprar um carro norte-americano pelo mesmo preço de um carro brasileiro, qual deles você compraria? Sem dúvida, compraria o norte-americano, não é isso? Acontece que o carro norte-americano custa trezentos mil reais e o nacional custa cinquenta mil, você acaba comprando o nosso. Por que hoje temos bons carros? Porque o governo taxa violentamente o produto estrangeiro. O que acontece no Brasil é que a distribuidora estrangeira de filmes comprou os cinemas no Brasil. Ou seja: distribui e exibe em seus próprios cinemas. Veja essa lei de oito por um. Para cada oito filmes exibidos no Brasil, apenas um tem de ser brasileiro. É como se eu dissesse: "Na minha casa, em cada oito noites, posso dormir com minha mulher apenas uma noite. Nas outras sete, ela tem de dar para os outros".

Ao saber que, na época, na Câmara dos Deputados, alguns parlamentares estavam interessados em modificar a legislação a fim de dar maior proteção ao cinema nacional, Manga se juntou ao ator e produtor Jece Valadão e partiu para Brasília, onde pediram uma legislação que proteja o nosso cinema. Mas a legislação não saiu.

Na mesma época de O Marginal, outra rede de cinemas exibia o filme Isto é Hollywood (That's Entertainment), uma coletânea de trechos de quatro décadas de filmes musicais norte-americanos, cada trecho apresentado por um grande astro ainda sobrevivente da época, como Cyd Charisse, Fred Astaire, Gene Kelly, Frank Sinatra e outros, além de Liza Minelli, representando a mãe, Judy Garland. Carlos Manga adorou o filme e, ao sair do cinema, tratou de entrar em contato com Sílvio de Abreu e convocá-lo para escrever com ele o roteiro de um filme com a mesma ideia de Isto é Hollywood, mas com as produções da Atlântida como tema. Em poucos dias, a equipe técnica estava formada e o filme foi montado, com o título de Assim era a Atlântida, pelo velho amigo e companheiro de trabalho, Waldemar Noya, o Didi, com o reforço de Geraldo José, considerado o melhor profissional brasileiro em matéria de efeitos do som.

Apesar de bem recebido pelo público e pela crítica, Assim era a Atlântida não apagou o desânimo de Carlos Manga com o cinema, num país em que os brasileiros não tinham o controle da exibição das suas produções. Além disso, sabia que ganharia bem mais dinheiro na televisão, sem ter de enfrentar o poderio norte-americano no Brasil. A única possibilidade de voltar para o cinema seria encontrar as condições que lhe permitissem realizar um filme contando a vida de Carmen Miranda. Uma possibilidade, aliás, que tanto estava de pé que passou a trabalhar com Lauro César Muniz num roteiro do filme. Estava em plena labuta quando recebeu um telefonema, que promoveria mais uma mudança na sua vida. Quem ligou foi a empresária Rosa Jonas, diretora da Espiral, produtora de comerciais para rádio, cinema e televisão, com um convite para dirigir um comercial de TV para as sandálias Havaianas. Sem dar muita importância ao convite, já se preparava para dizer não, quando Rosa Jonas informou que se tratava de um filme para a agência Thompson, com a cantora Rosemary imitando Carmen Miranda. Carmen Miranda! Nesse nome havia qualquer coisa de místico e sedutor que impediria Carlos Manga de recusar qualquer proposta envolvendo a Pequena Notável.

O passo seguinte foi uma visita à Espiral para conversar. Não quis falar em dinheiro, pois não sabia se o seu trabalho seria aprovado. Espantou-se, na verdade, quando soube que seria um anúncio grande, de um minuto. "Em um minuto não dá para fazer nada", reagiu, mas Rosa lembrou que são feitos excelentes comerciais de apenas quinze segundos e que um comercial de um minuto, na verdade, não é muito comum, pois a maioria é de trinta segundos.

Em seu primeiro filme publicitário, Manga foi surpreendido pela reação dos companheiros de equipe, quando deu o trabalho como terminado. "Não faça isso!", advertiram, pois a produtora não podia saber que um comercial daqueles – em termos publicitários, uma superprodução – poderia ser concluído em tão pouco tempo. Também chamou a atenção do diretor calouro o desperdício com os filmes virgens. "Aprendi que a publicidade tinha uma economia que era o contrário da economia do cinema, onde gastar filme virgem excessivamente era quase tido como um crime. Já, na publicidade, era apenas sinal de que houve muito trabalho para chegar a um bom resultado", disse Carlos Manga.

Empolgada com o comercial das sandálias Havaianas, Rosa Jonas tratou de convocar o novo diretor para outros filmes, tendo o cuidado de, primeiramente, conversar com ele sobre dinheiro. Ofereceu-lhe um cachê de 20 mil cruzeiros, mas ele disse – para espanto geral – que 15 mil estava bom. Pediu a mesma coisa para o segundo filme e ambos ganharam prêmios nacionais e internacionais, o que o levou a mudar a conversa sobre dinheiro, ao receber de Rosa Jonas a informação de que desejava contratá-lo como funcionário da Espiral.

— Quanto ganha o melhor diretor de comerciais que você tem? – perguntou.

— Quarenta mil cruzeiros – disse Rosa.

— Quero oitenta mil.

A proposta foi aceita, dando início a um período de ampla fartura financeira. "Tenho a impressão de que fui o cara que, como diretor, mais ganhou dinheiro com comerciais no Brasil", lembrou Manga, que justificou plenamente a remuneração, pois, em poucos anos, sua produção de comerciais rendeu inúmeros prêmios nacionais e internacionais.

CARLOS MANGA E O PRESIDENTE DA ATLÂNTIDA, DR RUI

OS ÚLTIMOS CONTRATOS

Uma nova atividade para Carlos Manga, no início de 1996, foi a novidade surgida quando jantava numa churrascaria da Barra da Tijuca e comentou com os proprietários da casa, José Carlos Jorge e Antônio Ribeiro, que achava estranho a Barra não ter um restaurante em frente ao mar, como é tão comum em Copacabana. Os empresários gostaram da ideia, perguntaram se ele aceitava ser sócio, Manga aceitou (Carlos Augusto Montenegro, presidente do IBOPE, também associou-se ao empreendimento) e, em março, o restaurante Pescara, especializado em frutos do mar, era inaugurado com um jantar para convidados, preparado pelos chefes Jorge Vanellis e Jorge Luís Nascimento, e com a exibição de uma série de vídeos preparados pelo próprio Manga, que deu um especial destaque a trechos de filmes musicais norte-americanos. Antes do jantar, foram servidos os petiscos (azeitonas chilenas rodeadas de queijo parmesão italiano, pizzas brancas de alho e alecrim ou de cebola com orégano). Depois da salada de camarão com frutas da estação (manga, figo ou papaia), os convidados poderiam escolher o prato principal: cavaquinha grelhada com risoto de laranja e alecrim, paella pontilhada de ervilhas, minilulas e camarões grandes bem rosados, escalope com creme de alho-poró, posta de bacalhau da Noruega grelhada e espeto de camarões assados na brasa com casca, acompanhado de manteiga de escargô.

Carlos Manga cometeu a ousadia de, nos primeiros dias de funcionamento do restaurante, instruir os garçons a dizerem que era cortesia a todo cliente que pedisse a conta. A casa se encheu de gente e, para sua alegria, continuou lotada depois que a despesa passou a ser cobrada. Jantar no Pescara era o programa de todas as noites de muita gente e do próprio Manga, até que a TV Globo o mandou para o Nordeste para resolver problemas de emissoras filiadas, e lá permaneceu cerca de 20 dias. Na volta, o jantar no Pescara foi o primeiro programa noturno e viu, assustado, que a clientela ocupava apenas meia casa. Perguntou o que ocorria e os sócios informaram que não mais lotava, mas o faturamento subiu muito. Achou estranho, mas passou a entender quando o garçom trouxe os petiscos – o serviço, no linguajar da casa – uma decepção: azeitonas velhas e manchadas, queijo velho, tudo ruim. Não esperou acabar o jantar para comunicar aos sócios que considerava a mesa um local sagrado e que, a partir do dia seguinte, colocaria à venda a sua parte na sociedade. O comprador apareceu em poucos dias e Manga encerrou a carreira de dono de restaurante.

Na verdade, ele não dispunha de muito tempo para dedicar ao restaurante, já que acabara de renovar, por quatro anos, o contrato com a TV Globo e a emissora estava cheia de planos para ele, incluindo a supervisão do "Domingão do Faustão" e da minissérie *Dona Flor e seus dois maridos*, que já estava com 40 capítulos escritos por Dias Gomes. E aceitava propostas de trabalho de outras fontes, que sempre rendiam um bom dinheiro, como a montagem de um show, intitulado *A Noite dos Anos Dourados* para a Associação Brasileira dos Supermercados, uma encomenda que adorou aceitar, já que reuniu no palco as orquestras Tabajara e de Marcos Spillman, o conjunto The Platers e o cantor Fred Cole.

O dinheiro recebido servia para o seu conforto, mas sem ostentação. O automóvel Audy azul, conversível, adquirido com zero quilômetro (depois substituído por uma Mercedes prateada, com estofado azul), nunca era usado nas idas da Barra da Tijuca para a TV Globo, no Jardim Botânico. Preferia chegar à garagem da emissora com um carro mais modesto. Dizia que, mais maduro, não era mais aquele jovem do tempo da Atlântida, que se exibia com o Cadillac. "Fui um jovem que deixou o sucesso subir à cabeça", confessava. A mudança de comportamento deixou longe o chefe grosseiro dos velhos tempos, como comprovavam as manifestações de colegas, como a carta em verso da atriz cômica Zezé Macedo com o seu perfil:

"Traçou com luzes o caminho certo
Da artista que sou eu
Em suas mãos seguras, modelou
A imagem que criou
E que me deu
Um grande diretor
Muito mais, porém
Foi como se a cortina do mistério
Abrindo-se, mostrasse
Um outro Manga
Esse, em vibração,
Irradiando
Mostrando ao mundo que,
além de diretor, Carlos Manga,
Você foi sempre amor"

Zezé Macedo

O problema foi que nem todas as manifestações na TV Globo eram carinhosas como a de Zezé Macedo. Na busca desesperada de audiência para o "Domingão do Faustão", Carlos Manga incluiu a apresentação de um menino com deficiência física fazendo imitações, uma cena que mereceu reprovação geral, até do próprio apresentador do programa, Fausto Silva, que, numa entrevista ao *Jornal do Brasil*, considerou "de profundo mau gosto". Além disso, Manga recebeu um dos famosos memorandos do superintendente de operações da emissora, José Bonifácio de Oliveira Sobrinho, o Boni, advertindo-o que não recorra a esse tipo de recurso para aumentar a audiência do programa. O próprio Manga reconheceu que errou, em entrevista ao *Jornal do Brasil*: "Às vezes, a gente tenta alguma coisa que não dá certo. Num programa ao vivo não é possível consertar tudo". Em depoimento a este livro, atribuiu tudo a um equívoco: "Pensei que se tratasse de um anão, mas era uma pessoa doente."

O resultado do desagradável episódio foi uma vontade muito grande de deixar o *Domingão do Faustão*, até porque havia recebido da Globo a missão de dirigir a nova versão da telenovela *Anjo Mau*, de Cassiano Gabus Mendes, grande sucesso de 1974. Mas a emissora preferiu mantê-lo não só no programa de Fausto Silva e em *Anjo Mau*, como também trabalhando na sinopse da telenovela *Feliz aniversário*, ao lado do autor, Gilberto Braga. E o diretor Luís Fernando de Carvalho indicou o nome dele para supervisionar a minissérie *Hilda Furacão*.

Anjo Mau, com estreia marcada para setembro de 1997, era a tarefa mais urgente, sendo, por isso, convocadas imediatamente a autora do novo texto para a telenovela, Maria Adelaide Amaral, e a diretora, Denise Saraceni. Outra providência fundamental era a escolha da atriz encarregada de interpretar a babá Nice, um papel que, na versão de 1976, consagrou a atriz Suzana Vieira. O convite a Glória Pires foi feito por Carlos Manga num "Domingão do Faustão", não diretamente a ela, mas numa comunicação da escolha ao marido dela, o cantor Orlando Morais, que se apresentava no programa. A única ameaça de atraso do início das gravações partiu do próprio Manga, como revelou a autora do texto, Maria Adelaide Amaral, em entrevista para o livro *Histórias da Teledramaturgia*. Após mandar os primeiros capítulos para Carlos Manga e Denise Saraceni, foi convocada pelo Boni para uma "reunião de emergência", durante a qual nem precisou esperar muito para ouvir uma frase assustadora de Manga: "Essa novela não me interessa". Maria Adelaide, "cheia de dedos", perguntou: "Vocês não querem fazer o remake da novela do Cassiano?". Coube a Sílvio de Abreu a resposta: "Você não está entendendo, Adelaide. Ele não quer que você faça uma novela de Cassiano. Ele quer que você faça a sua novela. É isso que você vai fazer". E assim foi feito.

A estreia da nova versão de Anjo Mau ocorreu, sem qualquer atraso, no dia 8 de setembro de 1997, com uma audiência de 32 pontos, um a menos da alcançada pelo último capítulo da telenovela anterior, *O amor está no ar*, índice considerado como uma façanha, pois, geralmente, o último capítulo atinge, no mínimo, cinco pontos a mais do que o primeiro. E rendeu muitos elogios, inclusive da direção da Central Globo de Produções e do exigente Boni, que, em mensagem a Carlos Manga, enviou os parabéns a toda equipe, ao elenco, ao texto, à sonoplastia, à iluminação e à edição, assinalando que "o trabalho de direção é criativo e forte, sem perder a clareza". O ator e diretor Paulo José também fez o seu elogio por escrito: "Mais uma vez, você rompeu a rotina dos acomodados, a mediocridade dos que acham que novela não merece nossos cuidados e o melhor da nova capacidade". Concluiu sua mensagem registrando que, "com você por perto, dá gosto fazer televisão".

No fim de 1997, novamente Manga coordenou as mensagens de fim de ano da Globo, que apresentaram as atrizes com os seus filhos pequenos. Mas o que ele queria mesmo era diminuir o trabalho e ter o direito de "passar uns dias tranquilos". Apenas um sonho, porque trabalho não faltava. Conseguiu dizer não para Rosa Jonas, que o convidou para dirigir novamente os filmes de propaganda da produtora, mas não à própria Globo, que o encarregou da direção artística da próxima novela das oito, *Torre de Babel*, com estria marcada para fins de maio de 1998, em substituição a *Por amor*. Seria a primeira experiência de trabalhar numa novela daquele horário. Seis meses antes, já dava início às primeiras providências. Começou por cuidar da internação do ator Tony Ramos num SPA, pois ele precisava perder 14 quilos (além de cortar o cabelo bem curto) para defender o papel de um ex-presidiário em "Torre de Babel", novela escrita por Sílvio de Abreu, dirigida por Denise Saraceni e com um elenco liderado pelo casal Glória Menezes e Tarcísio Meira, além do já citado Tony Ramos, Juca de Oliveira, Édson Celulari, Marcos Palmeira, Maitê Proença e Cláudia Jimenez.

Manga foi também contemplado, no início de 1998, dias depois de completar 70 anos, com mais uma missão decorrente de uma decisão de Marluce Dias da Silva, superintendente executiva da TV Globo, que deu uma nova estrutura à direção artística da emissora. Coube a ele a responsabilidade pelo acompanhamento, de segunda-feira a sábado, da programação apresentada até 18h30. O acompanhamento a partir de 21h30 foi entregue a Paulo Ubiratan. No mesmo dia em que transmitiu a novidade aos funcionários, Marluce comunicou também que todo artista da Globo estava impedido de recusar convites para produções, "a não ser que tenham autorização dos diretores artísticos Carlos Manga, Paulo Ubiratan e Daniel Filho".

Em entrevista concedida antes da estreia de *Torre de Babel*, Manga assumiu toda a responsabilidade pelo êxito ou pelo fracasso da novela. "Se der errado, a culpa é minha", afirmou. Parecia adivinhar, pois a audiência de 36 pontos dos primeiros capítulos foi inferior a de todas as demais novelas anteriores exibidas no horário. Os comentários na imprensa também não foram nada simpáticos. Uma semana depois da estreia, porém, a audiência começou a subir, o que estimulou Carlos Manga a dar novas entrevistas, quando atribuiu os problemas iniciais às muitas cenas de violência dos primeiros capítulos e que, passada essa fase, mais aparelhos de TV estariam recebendo a novela. Aproveitou para se queixar que a imprensa fez um massacre por causa das cenas de violência: "Agora, estão no ar cenas levíssimas, românticas, ao som de Mozart. Não dava para ter um pouco mais de paciência? Assistam à novela antes de criticar".

Numa entrevista ao humorista Jaguar, publicada no jornal O Dia em agosto de 1998, Manga vangloriou-se de que não sentia os 70 anos pesar na cabeça. "A idade só pesa nos joelhos, quando salto do banco de trás do carro", disse ele, acrescentando que já se casara três vezes e que a única relação em que não enganou a parceira foi com a sua profissão, que, em troca, sempre lhe foi fiel.

A TV Globo, com a qual renovava contrato de quatro em quatro anos e para a qual Carlos Manga sugeria insistentemente criar um programa humorístico para as noites de sábado, ocupava todo o seu tempo, mas era o cinema o tema predileto – quase exclusivo – dos debates e das entrevistas para os quais era convocado. Eram oportunidades para ele exaltar os amigos da Atlântida, especialmente Cajado Filho, "um gênio!". Num desses debates, o ator José Lewgoy fez uma afirmação que, em outros tempos, seria um bom pretexto para polêmicas: "O Cinema Novo interrompeu a evolução industrial do cinema brasileiro, que hoje depende do apoio oficial. A Atlântida era autofinanciada". A velha chanchada parecia ter voltado à moda, pelo menos nos debates e nas entrevistas. Numa entrevista à revista Ele & Ela, Manga lembrou que os seus filmes, desprezados no passado, "são citados como referência do início do nosso cinema".

A TV Globo concordou, finalmente, com a sugestão de fazer um programa humorístico e lançou, em 1999, o *Zorra Total*, mas, inicialmente, nas noites de quinta-feira, e não aos sábados. Depois de dois meses, porém, a ideia de Carlos Manga – o diretor artístico do programa – foi aceita e o programa mudou para sábado, depois da novela das nove. Manga permaneceu no *Zorra Total* até ser substituído por Maurício Sherman. O primeiro grande trabalho apareceu somente em fins de 2003, quando a TV Globo resolveu homenagear a cidade de São Paulo pelos 450 anos de fundação e programou, para janeiro, fevereiro e março de 2004, a minissérie *Um só coração*, escrita por Maria Adelaide Amaral e Alcides Nogueira. Foi o maior sucesso da emissora dos últimos dez anos. O elenco era constituído de atores como Édson Celulari, Maria Fernanda Cândido, Fernanda Montenegro, Fernanda Torres e vários outros, mas o grande destaque foi Ana Paula Arósio fazendo o papel de Yolanda Penteado.

No dia 31 de março de 2004, na festa de encerramento de *Um só coração* (nome extraído de um poema do poeta paulista Paulo Bonfim), na Galeria Gourmet, na Barra da Tijuca, quando o elenco quase todo resolveu homenagear Carlos Manga, o diretor da minissérie, ele quase desabou em prantos. Foi demais para quem carregava a dor pela perda, no dia 8 de março, de Inalda de Carvalho, vítima de câncer. Ele jamais se esqueceu da mãe de dois dos seus filhos, a quem sempre considerou o grande amor da vida inteira. Ao mesmo tempo, com o casamento com Denise em crise, veio a separação.

A minissérie levou Carlos Manga a propor insistentemente outra à TV Globo, que se passaria no Rio de Janeiro e que também teria um enredo histórico, já que *Um só coração* vinha desde a década de 1920, apresentando, inclusive, os personagens que participaram da Semana de Arte Moderna, de 1922. "Sonho que um teledramaturgo carioca faça pelo Rio de Janeiro o que Adelaide e Alcides fizeram por São Paulo", dizia ele nas várias entrevistas para falar da minissérie. Segundo ele, a história carioca se passaria no Beco das Garrafas. "Meu Deus! Aquilo era uma maravilha. Dali saíram alguns dos maiores nomes da música brasileira", comentou para o *Estado de S. Paulo*.

Apesar de todo o entusiasmo pela ideia, Manga percebia que o tratamento recebido da direção da TV Globo cada vez esfriava mais. Sua principal tarefa, como diretor de núcleo, passou a ser a supervisão do programa infantil *Sítio do Picapau Amarelo*, um trabalho, por sinal, que mereceu dele empenho e paixão. Uma mensagem enviada à equipe do programa, em agosto de 2006, revela o seu estado emocional em relação ao Sítio: "Tive uma manhã gloriosa. Acordei vendo o *Sítio do Picapau Amarelo*. Meu orgulho foi maior do que a minha emoção. E chorei, como todo velho. De tudo que fiz na vida profissional, levarei o *Sítio do Picapau Amarelo* para mostrar ao Oscarito e ao Charles Chaplin".

Sílvio de Abreu é que não parava de homenageá-lo não só na televisão como nos textos para os jornais, como um mestre para a sua vida profissional. Na novela da sua autoria *Belíssima*, que a Globo apresentava às sete horas, ele criou uma cena em que as veteranas vedetes Carmen Verônica e Iris Bruzzi, chegando da rua, exaustas, são surpreendidas pela presença de Carlos Manga, sentado no sofá, esperando por elas. As duas desmaiaram. Já a direção da TV Globo o escalou para dirigir a novela das seis, *Eterna Magia*, seu último trabalho para a emissora, que não era exatamente o seu sonho, mas que tinha a bela e talentosa Malu Mader no papel de pianista.

A partir de fins de 2007, às vésperas de completar 80 anos, Carlos Manga tinha, como única missão, a de ler os primeiros capítulos das telenovelas a serem lançadas, e dar sua opinião, um trabalho que nem exigia a presença dele na emissora e poderia ser feito em casa. A TV Globo sepultou de vez suas sugestões de minisséries sobre Santos Dumont, Velhos Marinheiros, Custódio Mesquita, Mar Morto, Beco das Garrafas, Carmen Miranda e, provavelmente, outros. Fora disso, permaneceram as palestras e entrevistas, além de homenagens, como a do Canal Brasil que, em julho daquele ano, exibiu uma série de cinco programas e um filme de longa-metragem, tudo sobre ele, com roteiro e direção de Oscar Maron. O cinema é que nunca deixou de homenageá-lo.

Na vida pessoal, novo casamento. Mais uma vez, com uma bela mulher, Cristina, que conheceu quando procurava uma pessoa capaz de ensinar aos empregados da casa não só os segredos da profissão que escolheram, como também o comportamento a ser adotado diante dos visitantes. Com tanta beleza e tanta eficiência, ele não resistiu e o resultado foi o quarto casamento.

Seu vínculo empregatício com a TV Globo foi desfeito em março de 2012, o que apenas confirmou uma situação existente havia quase cinco anos. Estava aposentado, aos 84 anos, mas, felizmente, sem maiores problemas financeiros, já que a aposentadoria da Globo para os seus velhos funcionários é remunerada por um belo salário e uma indenização – sem dúvida – invejável. Tudo isso somado ao fato de ser ele um personagem fundamental para a história da comunicação audiovisual do Brasil.

ELIANA MACEDO, CARLOS MANGA E FADA SANTORO
NAS FILMAGENS DE NEM SANSÃO NEM DALILA